读诗读书读中华

王华玲 著

中国古代诗词的多维解读

修订本

中原出版传媒集团
大地传媒
河南文艺出版社

图书在版编目（CIP）数据

读诗读书读中华/王争亚著. —修订本. —郑州：
河南文艺出版社,2017.3（2019.9重印）

（艺文百家书系）

ISBN 978-7-5559-0488-5

Ⅰ.①读…　Ⅱ.①王…　Ⅲ.①古典诗歌–诗歌欣
赏–中国　Ⅳ.①I207.2

中国版本图书馆CIP数据核字（2017）第011270号

出版发行　河南文艺出版社
本社地址　郑州市郑东新区祥盛街27号C座5楼
邮政编码　450018
承印单位　三河市兴国印务有限公司
经销单位　新华书店
开　　本　700毫米×1000毫米　1/16
印　　张　16
字　　数　200 000
版　　次　2017年3月第1版
印　　次　2019年9月第2次印刷
定　　价　35.00元

争亚和他的《中国古代诗词的多维解读》(代序)

阎连科

烟尘往事,总是在记忆中生出馨香的绿意。

催生馨香的不仅是岁月,还有来自内心对过往的留恋。人、情感、物事,都会因为一丝花发、一寸落叶,浮出记忆的水,游来并荡出水声的忆歌,有着哀伤,也有许多的欢乐。

读争亚兄《中国古代诗词的多维解读》,让我遥想起三十年前,我们都在河南商丘的一个军营出操、训练,回到师机关呈"王"字形的红瓦房间,各自写着各自的材料,读着各自的闲报,喝着各自的茶水,聊天,议论,说国家大事,也说彼此的人生前程。而那时,被议论较多的,争亚便为对象之一。因为他文才甚好,做事严谨,对人的分寸中透着和蔼的善亲。而在那份亲近之中,又有恰到好处的温热,不张扬,不冷淡,也没有夸张如纸中包着的火。那时候,我的全部精力与所思,都是被热情虚肿起来的对文学的爱。业余创作,忠诚到臣向君的跪拜、民为臣的叩头。而正经的机关文书,虽尚算努力,也如一个学习还好的孩子,之所以有让家长、老师满意的卷分,其实正是为了课余更为尽心的戏耍。因为爱好文学，也就有了几分天真的幼稚，喜着对周边的人"观察推算"，仿佛在为他人私下里看相算命。也就与机关战友们同识共认，以为争亚在军队必有好的前程，做科长、做政委，升到少将、中将，都在可能中有其必然。因为他不缺才分，不缺努力，只缺一份"泼"，缺一种仕途上的"破釜沉舟"和仕途上"血统"的脉连。如果他可以在官场上破釜沉舟，可以有官场血脉的某种通连，他的一切，便都不是可能而是必然了。

中国人的各种奋斗，不外乎不可能、可能和必然。不可能，让人叹息而淡然；可能，让人辛劳而必然，又与大多数人的个人努力几乎无关。我的许多充满才华和奋斗的战友，都在可能中奔波辛劳，兢兢业业，而最终被人家的必然挤压到人生、命运的道边上，茫然无措，惶惑叹息。因此，当我和争亚分异遥远两地之后，听说他做了旅政委、师政委，我都没有惊异和兴奋，知道那是可能中的可能，是瓜熟而蒂落，水到而渠成。只是在他以最好的工作业绩离开部队后，到了地方去尽力，我才有了片刻的惊异和讶静。然在那短短的讶静后，也还是淡然地接受和认同，觉得人的上和下、走与留、原地与他乡，其实都是可能和必然的分道，都是命运早有的安排，只是上帝给了我们生命，而不给我们生命谜底的策略，也好让我们的人生中，充满着努力的澎湃和丰饶，让人生变得更加丰蕴和更具意义。

如此，也就觉得人生终归都是一种美，哪怕是伤感。更何况，争亚兄的人生又多为才华、努力和功就，有着可能中的可能。

所以，接到他这部《中国古代诗词的多维解读》的书稿那一刻，也还只是微微地一怔而已，并未有太多的意外和惊讶。以他之才华，以他之为人的谦逊和努力，做出什么样的业绩都是可能的。一如一个果农的智慧和辛勤，他有怎样的果园和果实，都属于可能中的必然。

我是用一天时间慢慢读了争亚《中国古代诗词的多维解读》一书。

　　我从中学到了许多意外的知识、智慧和新鲜的思维方法。

　　读着这部书稿时,我想到:人在人生途中的读书、学识和解悟,该是多么宏大的一桩事。《中国古代诗词的多维解读》,是争亚在古代诗词中探迹作文的一部作品。看这些作品写作和发表之日期,可以感知他读书、思考的许多事情。《中国古代诗词的多维解读》这部书,其实汇集了他对人生、命运、工作和世界的认识和认识上的方法论,就如一个学者认知的世界和新的认知方法一样。他不仅带领我们重新回到中国古代诗词文化的瀚海去泛舟观光,而且还片片景色、个个景点地停船靠岸,给我们解说和叙述。他就像一个某一方面特别专业、渊博的导游,把游客带领到古代诗词的瀚海中,以他的专业和独到视角向游客介绍、评说江河、湖海、岛屿、礁石、急流与平缓。我们可以把《中国古代诗词的多维解读》当作新知的入门之钥匙,也可以当作旧识的再深入,还可以从中领略一个热爱求知和读书的人对人生、命运、世界和现实那种诗意的开悟,并让我们相信:只要读书和求知,世间便总有人类的温暖和归处。而中国博大的诗词之海,就是我们的一处精神归宿。而且,"多维解读"又那么有它的个性特色,如按照意蕴归类解读的编排法,如在诗意解读中的当代性与现实性,如把当下人人关心的环境、环保、田园情结和领导思维、廉政文化等,都那么认真地解析和撰写。还有,它给读者新的思考和情趣,告诉我们"青山遮不住,毕竟东流去"和"人事有代谢,往来成古今",除了诗人对时间的忧伤,也有对未来的亢奋和哲思。

　　原来,古代诗词也是可以这样解读的。

　　原来,争亚的诗词学识是这么的宽阔、慧悟。

　　原来,《中国古代诗词的多维解读》既可以让我们领略一个人对中国传统文化的爱、独有的认识和解析,也还可以让我们当作一部对古代诗词实用解难的工具书。

　　谢谢争亚,谢谢《中国古代诗词的多维解读》这本书。从此,我的书架上就又多了一部我可以不断回忆、随时翻阅的永不下架的书。

　　　　　　　　　　　　　　　　2014 年 1 月 20 日于北京

写
在
前
面
的
话

在世界文学的殿堂里，中国古典文学千百年来一枝独秀，引领风骚。革命导师恩格斯曾经把中国的古典文学比作"地球上最灿烂的花朵"。德国伟大的思想家、哲学家黑格尔，也曾经以西方人独特的视角对古老的东方文化予以史诗般的赞美："当黄河、长江流域已经哺育精美辉煌的古代文化时，泰晤士河和密西西比河畔的居民还在黑暗的原始森林里徘徊。"

作为中国古代文化宝库中的重要组成部分，以唐诗宋词为代表的古代诗词作品无疑是中华文明历史长卷中绚烂无比的华章，是华夏古典文学百花园中的一株多姿多彩的奇葩，是舞蹈着的文字，是物化了的音乐，是国人心中永远的文化丰碑。读唐诗宋词，如沐春风，如饮甘泉。美不胜收，回味无穷。

2010 年，在环境保护部门从事自然生态保护工作的我，撰写了一篇题为《中国古代诗词中的生态意境》的鉴赏文章。不久，《河南日报》便刊用了这篇文章。说实在的，最初写这篇文章的直接动因，完全是职业感的驱使而产生的写作冲动,文章的本意是想说明中华民族保护生态环境、与自然界万事万物和谐共生的思想意识古人早已有之。或许是因这篇文章的刊登起到了一种激励的作用,亦或许是因写上述文章阅读古诗词之后又触类旁通地产生了新的灵感,遂对中国古代诗词鉴赏的写作有了一种浓厚的兴趣,读古代诗词、写鉴赏文章便成了我业余时间的最大爱好。几年的时间里,我从不同的视角陆陆续续地撰写了二十余篇类似的文章。承蒙相关报刊编辑们的厚爱,这些文章中的绝大部分先后在不同的报纸、杂志上刊用了。这于对唐诗、宋词阅读兴趣甚为浓厚的我来说,无疑是一种极大的鼓舞和肯定。

见报见刊的文章多了之后,自己又不怕贻笑大方地有了新的想法。我想,如果将散见于各类报纸、杂志上有关古诗鉴赏的文章汇总起来出个集子,这对即将步入耳顺之年的我来说,无疑是人生之旅中一件很有意义的事情。我之所以想做这件事,一是可留下记忆,二是权当纪念,三是或可借以寄托。记忆,是给自己存储的;纪念,是送朋友消遣的;寄托,是让后人评说的。

中国古代诗词所表现的主题有许多是众所周知的题材,诸如山水田园、赠别思归、相思爱情、闺中哀怨、边塞烽烟以及贬谪流放等。对于类似的题材及与之有关的众多诗句,世人大多已经耳熟能详。为此,我从一些自认为有别于上述题材的视角切入,选择了"生态环境""吏治文化""哲学意境""民生情怀""诗书情怀""节日文化""田园风情"等三十篇文稿编入这个集子之中。抱着抛砖引玉的想法,我热切地期盼有更多的人以不同视角解读古典诗词的优秀作品问世,以不断拓展蕴含在古诗词中丰富的思想内涵,并唤起更多的人热爱、吟诵、欣赏中国古诗词的热情,让中华文化的长流绵延不绝,惠泽未来。

中国古代诗词的内容极为丰富,思想无比深邃。现收录于本书中的拙作所反映的各个侧面的思想内涵,充其量只是浩瀚的诗词海洋中的冰山一角。我想，弥补这挂一漏万的遗憾，只有待我日后继续不断地学习努力。因为支撑我不懈追求的原动力依然是我对中国古代诗词的那份挚爱、那份痴迷。如果说，当初自己学习鉴赏古典诗词仅仅是为了写某篇文章需要的话，那么，现在的学习鉴赏或许正是我所追求的一种生活状态。加拿大皇家学会院士、南开大学中华古典文化研究所所长叶嘉莹曾经撰文论述学习古典文学的作用："学习中国古典诗歌的用处，也就在其可以唤起人们一种善于感发、富于联想，更富于高瞻远瞩之精神的不死的心灵。"先生此番论述的境界，我恐此生都难以企及，但我会为之不断地努力。

从心底里非常感谢我曾经的战友、当代著名作家阎连科先生为本书所作的序。连科是名人大家，他能拨冗提笔作序，我深感荣幸。于这个集子而言，无疑增色不少。但对他来说，实在是大材小用了。还要感谢我往日的战友、现为中国书画家协会理事的聂华明同志为本书提供了诸多山水画作，从而使集子在视觉上增色许多。

正如一首歌所唱的那样："十八岁，十八岁，我参军到部队……"屈指算来，自己参加工作已经四十余年。今年，适逢我的本命年，同时也是我的退休之年。心中在滋生出些许"夕阳无限好，只是近黄昏"的迟暮感的同时，也伴有"莫道桑榆晚，为霞尚满天"的欣喜，因为今后我注定会拥有更多的时光来阅读欣赏古诗词了。

因为，阅读古诗词的感觉真好……

作者

2014 年元旦写于郑州

注：以上"写在前面的话"系作者为本书初版时所写，此次再版基本上原文引用，只是个别地方稍作改动。——作者

目录

纵情自然山水间

——中国古代诗词中的生态意境

自然给人以生命,山水给人以灵感。爱恋自然山水,自古以来就是诗人的天性和作家情感的兴发之源。诗人因此"登山则情满于山,观海则意溢于海"(刘勰《文龙雕心·神思》),"笼天地于形内,挫万物于笔端"(陆机《文赋》)。纵观洋洋洒洒、篇什众多的中国古代诗词,不难发现:以自然山水为主要描写对象的诗词歌赋,是其中的一个非常重要的组成部分。诗人们以多姿多彩的艺术情怀,把细腻的笔触投向充满生机的春光绿色、静谧柔美的自然山水以及各种可爱的生灵,创造出了一种情景交融、如诗如画般的生态意境。

留恋春光、钟情绿色

中国古典诗词中对春光绿色的留恋赞美可谓俯拾皆是。有"清淡风流"之誉的唐代诗人贺知章的《咏柳》,便是许多人耳熟能详的一篇:

　　碧玉妆成一树高，万条垂下绿丝绦。

　　不知细叶谁裁出，二月春风似剪刀。

　　这首诗生动地描绘了万物复苏、绿叶满眼的春天景色，诗人用形象的比喻道出了春风与细叶的关系。诗篇着墨不多，却清丽淡雅，曲尽其妙。另一唐人李章《春游吟》：

　　初春遍芳甸，千里蔼盈瞩。

　　美人摘新英，步步玩春绿。

　　诗句的字里行间透露出对"春绿"的倾心爱恋。词人宋祁在《木兰花·东城渐觉风光好》中写道："绿杨烟外晓寒轻，红杏枝头春意闹。"作者的笔下杨柳丝绿、轻烟淡雾，尽管仍有一丝轻寒，但依然挡不住杏花的竞相盛开，生机勃发的春光仍然如期而至。元稹在《早春寻李校书》中写道："款款春风澹澹云"，"江弄琼花散绿纹"，"今朝何事偏相觅，撩乱芳情最是君"。诗人用拟人手法表达了对春色春景的倾心之爱。韩愈在《晚春》中写道：

　　草树知春不久归，百般红紫斗芳菲。

　　杨花榆荚无才思，惟解漫天作雪飞。

　　这首诗描写的是晚春的景象，诗人没有将更多的笔墨放到自然景物上，只是撷取了具有典型意义的草树、杨花、榆荚，通过对比来昭示春天即将离去。在诗中，花草树木仿佛也有了灵性，知道明媚的春光即将离去，便以姹紫嫣红的繁花来留住春天。而相貌普通的杨花、榆荚没有绚丽的色彩，只能如白雪般漫天飞舞。作者渴望留住春天以及留恋春光的心情跃然纸上。除此而外,中国古典诗词中吟诵春天绿色的诗句还不胜枚举。如辛弃疾《鹧鸪天·陌上柔桑》中的"城中桃李愁风雨,春在溪头荠菜花",苏轼《题惠崇春江晓景》中的"竹外桃花三两枝,春江水暖鸭先知",杜甫七律《客至》中的"舍南舍北皆春水,但见群鸥日日来",白居易《忆江南·江南好》中的"日出江花红胜火,春来江水绿如蓝",张仲素《春闺思》中的"袅袅城边柳,青青陌上桑",清人高鼎《村居》中的"草长莺飞二月天,拂堤杨柳醉春烟"等佳句,均以鲜丽细腻的笔触描摹了一幅幅原生态的绿色春景。春天孕育着希望,绿色象征着生命。对"春"和"绿"的向往,不正是我们如今环境保护所倡导、所追求的生态家园吗?

亲近自然、吟咏山水

孔子曾经说过:"仁者乐山,知者乐水。"大凡中国古代诗词的内容,多半是与自然山水有着密切关联的。其中最具代表性的莫过于李白当年在庐山避暑时,触景生情写下的千古名篇《望庐山瀑布》:

> 日照香炉生紫烟,遥看瀑布挂前川。
> 飞流直下三千尺,疑是银河落九天。

诗人以其出色的想象力和文字表现力,既写出了山之高峻陡峭,又描绘了水流倾泻而下之势,那高空直落、势不可当之状仿佛就在眼前,令人感受到自然界的美妙神奇与无穷魅力。唐代诗人王维在乐府《桃源行》一诗的开篇中写道:

渔舟逐水爱山春，两岸桃花夹古津。

坐看红树不知远，行尽青溪不见人。

　　诗中那悠悠摇荡的渔舟、夹岸的红桃、苍翠的春山、澄澈的青溪，让人仿佛看到了一幅充满诗意的山水画卷。整个诗篇用"春来遍是桃花水，不辨仙源何处寻"作结尾，让人有一种意犹未尽、回味无穷的感觉。与这幅色彩明快的春水图相比，王维另一首五言律诗《山居秋暝》，对自然景致的描写则表现得空灵而又含蓄：

空山新雨后，天气晚来秋。

明月松间照，清泉石上流。

　　在声、光、色的映衬下，小诗把我们带到了自然宁静的意境之中。苏轼在赞美西湖景色的七绝《饮湖上初晴后雨》中写道：

水光潋滟晴方好，山色空蒙雨亦奇。

若把西湖比西子，淡妆浓抹总相宜。

　　诗句就像一幅朦胧的山水画，读来让人有一种美不胜收的感觉。南宋诗人朱熹在《活水亭观书有感》一诗中曰：

半亩方塘一鉴开，天光云影共徘徊。

问渠那得清如许？为有源头活水来。

　　尤其是这后两句，可谓意蕴深刻。其暗喻我们姑且不论，单从字面上理解，其内容与我们如今强调的水源地保护几乎有异曲同工之

妙。是啊！没有天然径流与活水，我们又怎能见到这源源不断的清流呢？有着"诗仙"之称的李白更是给后人留下了许多堪称千古绝唱的山水名句。如"三山半落青天外，一水中分白鹭洲""两岸青山相对出，孤帆一片日边来"，以及"君不见黄河之水天上来，奔流到海不复回"等，这些豪放而又抒情的诗句，把读者带入"江山如此多娇"的意境之中，从而更加激起了人们对大自然的亲和之心与爱恋之情。

赞美生命，呵护生灵

古人开明的生态意识，不仅仅表现在对青山绿水的赞誉与亲近上，还包含着对自然界各种动物的亲昵与关爱之情。辛弃疾《鹧鸪天·博山寺作》词中的"一松一竹真朋友，山鸟山花好弟兄"，宋末元初学者翁森《四时读书乐》中的"好鸟枝头亦朋友"的诗句，都表明了古人热爱大自然生命万物的美好情愫。白居易《钱塘湖春行》中"几处早莺争暖树,谁家新燕啄春泥"的诗句,亦十分活泼新鲜。这两句诗上句写莺、下句写燕,正可谓莺歌燕舞。一个"争"字,将初春时节鸟儿叽叽喳喳、争抢向阳高枝的情景描述得鲜活而又灵动,让人真切地感受到了大自然万物共生的和谐与活力。读之如见其形,如闻其声。而文字的形象描绘,终究还是作者内心热爱大自然情感的真实写照。可以想见,作者如果没有对自然界的细微观察,笔下是难以流淌出如此栩栩如生的文字的。此外,还有诸如杜甫的"泥融飞燕子,沙暖睡鸳鸯""两个黄鹂鸣翠柳,一行白鹭上青天"等脍炙人口的诗句,均由衷地表达了对生命的赞美。其实,古人对待自然界的万事万物岂止是赞美,更可贵的是提倡保护野生动物的态度和观念。唐人皇甫曾的诗句"长安雪夜见归鸿""独悲孤鹤在人群"均隐约地体现了作者对动物的关爱和怜悯之心。王建《寄旧山僧》中"猎人箭底求伤雁,钓户竿头乞活鱼"的诗句,就鲜明地褒扬了怜爱动物、救助生命的行为。其中的"求"和"乞",更是表明诗人爱心的点睛之处。他在另一诗作《题金家竹溪》中所说的"山头鹿下长惊犬,池面鱼行不怕人",实则提及的也是如何调整人与野生动物关系的问题。

白居易另一首有关爱护鸟类的诗,则写得更为情真意切:

谁道群生性命微? 一般骨肉一般皮。
劝君莫打枝头鸟,子在巢中盼母归。

试想,读了这样的诗句,谁还会忍心去伤及这可爱的小生灵呢?

中国古代诗词中朴素的自然观与有关保护环境的生态伦理,闪耀着智慧和文明之光,集中地展示了古人天人合一、道法自然的思想理念。在国人日益重视生态环境保护的今天,以推陈出新、古为今用的眼光来赏析这些诗词中的生态意境,这对于我们进一步贯彻落实科学发展观,促进经济社会的可持续发展,推进生态文明、建设美丽中国,无疑有着十分重要的历史启示和借鉴价值。

不畏浮云遮望眼
——中国古代诗词中的吏治文化

很长时间以来，人们似乎一直以为中国古代诗词所表现的内容，不外乎是缠绵悱恻、闺中哀怨、山水田园风光以及边塞硝烟烽火等这样一些意境，其实此种看法有失偏颇。作为中国传统文化精髓的古代诗词，不仅有风流浪漫的一面，而且有庄重严肃的一面，尤其是个中蕴含着诸多有关吏治文化的诗句更是具有很强的思想性和哲理性。笔者不揣浅见，大致将其概括为以下几个方面。

登高望远的宽阔视野

这方面最具代表性的诗句，莫过于王之涣的五言绝句《登鹳雀楼》：

> 白日依山尽，黄河入海流。
> 欲穷千里目，更上一层楼。

诗的前两句描述的，是作者站在鹳雀楼上向西眺望，只见远方的太阳在蜿蜒起伏的群山之巅渐渐西沉。楼下则是奔腾不息、波涛滚滚的黄河一泻千里，流向大海。高山落日、大河流水相互映衬，展现了作者居高临下的雄伟气势。这两句，诗人没有拘泥于鹳雀楼本身的具体形态，而是抓住楼与落日、山水之间所形成的互为依存关系，从远眺和俯瞰两种视角，大气磅礴地为读者描述了一种遥远和开阔的意境。后两句"欲穷千里目，更上一层楼"，可谓意境高远、气势不凡。诗人希冀目光能够穷极千里之遥，让全部的山河之美揽入胸怀、尽收眼底，从而展示了作者远大的胸襟与宽阔的视野，极大地拓展了诗的思想容量。此诗虽寥寥二十字，却体小而量大，言简而意赅，确乎"有尺幅千里之势"（俞陛云《诗境浅说》语），可谓千古名句，令人过目难忘。除此而外，诗圣杜甫《望岳》中的名句"会当凌绝顶，一览众山小"，与北宋政治家王安石《登飞来峰》中的"不畏浮云遮望眼，只缘身在最高层"所表达的都是同样一种意境。以上诗句，无一例外地将高瞻才能远瞩、登高才能望远这一深邃而又朴实的哲学道理，寓于形象的情景描写之中。这与我们对当今各位当政者都要具备高屋建瓴的战略眼光和全局思维的要求，无疑是完全一致的。

科学全面的思想方法

客观全面地认识问题、分析问题，是正确思想方法的重要体现。而思想方法正确与否，又是衡量一名为官者综合素质高与低的具体标尺。能够说明正确思想方法重要性的古诗，要数北宋大诗人苏轼的《题西林壁》。诗曰：

横看成岭侧成峰，远近高低各不同。

不识庐山真面目，只缘身在此山中。

从字面上看，这首诗描写的是匡庐瑰丽多变的景致，但本质上蕴含和倡导的却是一种科学的认识论和方法论。诗句虽穿越时空近千载，但至今依然闪烁着哲学的光芒。宋神宗元丰七年（公元 1084 年）四月，作者由黄州贬赴汝州任团练副使时经过九江游览庐山，瑰丽的庐山风光触发了诗人创作的灵感，于是写下了若干首赞美庐山的诗，《题西林壁》是其中具有代表性的一首。它描写的是庐山多姿多彩的面貌，但诗人"寄妙理于豪放之外"，借景说理地道出了一个重要的哲学命题，即看问题要有正确的思想方法。因为人们所处的位置及站立点不同，对事物的看法则不同，所以最终得出的结论也就不同。之所以"不识庐山真面目"，是因为"只缘身在此山中"。只有跳出庐山看庐山，方能认清庐山真面目。可见立场不同，结果亦就不同。诗词的画外音告诉我们，观察事物、认识问题应当立足整体，放眼全局，把握大势。如果视野狭窄、"一叶障目"，其结果肯定是"只见树木、不见森林"，到头来得出的自然也是主观片面、以偏概全的错误结论。

敏锐犀利的洞察能力

能否见微知著、小中见大地认识问题、观察事物，进而对局势作出正确的判断和应对，是衡量一名当政者的重要方面，尤其是在当今国际和地区形势纷繁复杂、国内发展改革处于关键时期且各种社会矛盾日益凸显的情况下，时刻保持"风起于青蘋之末"的思想敏锐性，具备"窥一斑而见全豹"的眼力，更是对为官者一种很高的政治要求。有古诗云，"山僧不解数甲子，一叶落知天下秋"。这后一句说得极为形象而又深刻,从一片树叶的凋零飘落,即预知瑟瑟的秋天即将到来。以此比喻通过个别细微的迹象,可以预测事物发展的大趋势。诗人苏轼在《题惠崇春江晓景》中写道:

> 竹外桃花三两枝,春江水暖鸭先知。
> 蒌蒿满地芦芽短,正是河豚欲上时。

作者正是通过三两枝绽放的桃花、开始抽芽的芦笋、戏水的鸭子以及洄游的河豚等自然界动植物这样一些细微的变化告诉人们:严寒的冬天已经过去,和煦明媚的春天就要到来了!诗人的着笔之处,也许是并不起眼的一景一物,昭示的却是要透过现象看本质、细微之处看变化的深刻哲理。此外,南宋诗人杨万里《小池》中"小荷才露尖尖角,早有蜻蜓立上头"的名句,也生动形象地隐喻了要善于洞察和捕捉事物细小变化的道理。

躬行实践的务实态度

注重实践,切忌空谈,是为官者要切实遵循的一个重要思想和基本要求。其实,岂止是今人这样要求,古人对此早有精辟的论述,在这方面也有诗为证,其中人们印象颇深的代表作便是陆游的《冬夜读书示子聿》。诗曰:

> 古人学问无遗力,少壮工夫老始成。
> 纸上得来终觉浅,绝知此事要躬行。

这是一首教子诗。诗人就知识的获取,从两方面谈了自己的看

法，一是要花气力，二是要躬而行。尤其是诗的后两句，从书本知识与
实践经验的关系着笔，说明从书本得来的知识终归比较浅显，只有经
过亲身实践才能变知识为能力。学习如此，为官从政更是如此。身为
社会政治、经济生活领导者和组织者的各级官员，如果长期高高在上，
脱离实际、脱离群众，其制定的决策及工作部署在实施过程中肯定落
实不下去。其实，我以为南宋诗人朱熹在《活水亭观书有感》中"问渠
那得清如许，为有源头活水来"的名句，同样也隐含着这方面的寓意。
诗人笔下的"渠"之所以"清如许"，是因为有"源头活水"。自然法则
与从政规律有其内在的共同之处，两者之间事虽不同，理却相通。因

为人民群众的实践活动和创造精神,从来就是各级为官从政的源头活水。离开这一泓"源头活水",我们就不可能有"清如许"的境界与生机勃发的活力,甚至还会寸步难行、处处碰壁。

关注民生的百姓情怀

关注百姓疾苦、体恤民生民情是中国古诗词的又一大特点,大诗人杜甫的不少著名诗篇都有这方面的描述。公元 760 年春,杜甫在众亲友资助下,于成都郊外浣花溪畔盖一草堂安顿其家人。翌年 8 月,草堂在瑟瑟秋风中摇摇欲坠。诗人为此百感交集,遂写下《茅屋为秋风所破歌》以记之。杜甫通过描写自身的疾苦反映了"天下寒士"的疾苦,并表达了"安得广厦千万间,大庇天下寒士俱欢颜"的美好愿景。除此之外,杜甫在《自京赴奉先咏怀五百字》中的名句"朱门酒肉臭,路有冻死骨",同样也无情地鞭挞了贫富悬殊的不公平社会现象,饱含了对劳苦大众的同情心,诗人内心深处炽热的爱民忧民情感被表现得淋漓尽致。

宋人杨万里不以士大夫自居,一生热爱农村,体恤农民,写下了不少反映农民生活的诗篇。如其中一首题为《悯农》的诗写道:

稻云不雨不多黄,荞麦空花早着霜。

已分忍饥度残岁,更堪岁里闰添长。

这首诗笔触细腻地写出了百姓对风调雨顺年景、安居乐业生活的期盼与渴望。此外还有诸如《农家叹》《秋雨叹》《悯旱》《竹枝歌》《插秧歌》等,又写出了农民生活的艰辛疾苦以及劳动给他们带来的欢乐。所有这些,都表现出了诗人对劳苦大众的同情与爱心。

亦庄亦谐思辨美

——中国古代诗词中的哲学意境

中国古代诗词内容丰富,语言华丽,意境浪漫,有着很强的文学艺术表现力。然而笔者以为,众多古诗词能够流芳百世、传承千年,重要原因还在于诗词内容所表现出的思辨性和哲理性,也在于无数的古诗词充满了佛家拈花微笑的悟性与可意会不可言传的玄奥。吟诵之中,读者在获得美好艺术享受的同时,还从中受到了心灵的教化和思想的陶冶。

唯物辩证法认为,事物总是处在永恒的运动、变化和发展之中。对于这一不可抗拒的历史规律,众多的古诗词中均有这方面的描述。诗仙李白在《将进酒》一诗中,以"君不见,黄河之水天上来,奔流到海不复回"的开篇,激越奔放地比喻事物发展汹涌澎湃、一往无前的恢宏气势。杜甫在他的七言律诗《登高》中,以"无边落木萧萧下,不尽长江滚滚来"的诗句,同样说明了事物发展总是不以人的意志为转移的道理。南宋杰出的爱国词人辛弃疾在《菩萨蛮·书江西造口壁》中"青山遮不住,毕竟东流去"的千古名句,同样与之有着异曲同工之妙。古人以大江大河奔流不息的自然现象作比喻，阐明历史车轮滚滚向前、不可阻挡的社会发展规律，可谓意境高远、形象生动，颇有政治家的眼光和气度。刘禹锡在《酬乐天扬州初逢席上见赠》的诗中，以"沉舟侧畔千帆过，病树前头万木春"的诗句，深刻地说明人类社会螺旋式发展、波浪式前进的发展轨迹以及"前途是光明的，道路是曲折的"的历史规律。诗句内涵恢宏大气，令人回味无穷。

　　新事物的产生与旧事物的灭亡是唯物辩证法的一个重要观点。对此，我们同样可以从众多古诗句中感受这一意境。如久负盛名的盛唐诗人孟浩然的"人事有代谢，往来成古今"、宋代政治家王安石的"千门万户曈曈日，总把新桃换旧符"、刘禹锡的"芳林新叶催陈叶，流水前波让后波"以及李商隐的"桐花万里丹山路，雏凤清于老凤声"等诸多诗句都阐明了新陈代谢、除旧布新是事物发展的一条历史法则。唐代诗人白居易的"野火烧不尽，春风吹又生"，以及宋代文人叶绍翁的名句"春色满园关不住，一枝红杏出墙来"，更形象地说明了新生事物是禁锢不住、扼杀不了的，它势必要冲破一切阻力和束缚不断发展、顽强成长。

　　能否全面客观地认识问题、分析问题，是思想方法正确与否的重要体现。能够说明端正思想方法重要性的古诗，莫过于北宋大诗人苏轼的《题西林壁》。诗曰：

　　　　横看成岭侧成峰，远近高低各不同。
　　　　不识庐山真面目，只缘身在此山中。

　　这首诗即景说理，从字面上看描写的是匡庐瑰丽多变的自然风光，但本质上蕴含的却是一种科学的认识论和方法论。诗句虽穿越时空近千载，但至今依然闪烁着哲学的光芒，即看问题要有正确的思想

方法。要认识事物的真相与全貌，必须超越狭小的范围。只有达到"会当凌绝顶"的高度，方能企及"一览众山小"的境界。

可见，看问题的站立点往往是结论正确与否的关键，清人赵翼在《论诗五首》中对此有两句非常形象的诗句："矮人看戏何曾见，都是随人说短长。"处在别人高大的背影之下，身材矮小的人势必目光受限，结果只能是人云亦云，而无法对客观事物作出正确的判断和认识。当年，王阳明"山近月远觉月小，便道此山大于月"（《蔽月山房》）的诗句，就是对因思想方法不对头而造成结论不正确的形象讽喻。

对事物的认识不仅要全面，而且应当辩证。善于多个角度看问题，而不应陷入极端。苏轼在他的《浣溪沙·山下兰芽短浸溪》诗词中写道：

> 山下兰芽短浸溪，松间沙路净无泥。萧萧暮雨子规啼。谁道人生无再少？门前流水尚能西。休将白发唱黄鸡。

苏轼是一位"奋厉有当世志"的人物，他从眼前的"溪水西流"悟出，溪水尚能西流，难道人生就不能再少？何必自伤白发、哀叹衰老呢？千百年来，这首充满辩证法哲理的诗句，曾经给无数遭遇挫折、身处逆境的人士以重新奋起、继续前行的勇气和信心。思路一变天地宽，如果认识问题片面绝对，思想僵化，必然会陷入"山重水复疑无路"的境地。而换个角度看问题，则会出现"柳暗花明又一村"的新境界。

能否清醒地对待外部环境，理智地选择正确的人生态度，无疑检验着人们的哲学智慧。在此，我们不妨诵读一下唐人杜荀鹤的《泾溪》：

> 泾溪石险人兢慎，终岁不闻倾履人。

却是平流无石处，时时闻说有沉沦。

小诗行文曲折，析理透彻。短短四行，包含着深刻的人生哲理与精妙的生命辩证。泾溪里的礁石很险，浪很急，因此人们路过泾溪时都非常小心，所以终年都不会听到有人不小心掉到水里淹死的消息。倒是在水流缓慢没有礁石的地方，反而常常听到有人被淹死的消息。这是一首很经典的哲理诗，诗人运用以理入诗的方法，将对于理的议论与整首诗的艺术形象和谐地融为一体。其中所阐明的道理显而易见，即一个人身处险境、困境之时，比较清醒谨慎，而处于平静安逸之时，往往容易麻痹大意，掉以轻心，以致舟覆人亡，悔恨晚矣。这一思想与孟子的"生于忧患，死于安乐"无疑是完全契合的。

辩证唯物主义还认为，事物发展的过程自始至终就是矛盾运动的过程。旧的矛盾解决了，新的矛盾又将产生。对于这一思想，南宋诗人杨万里用朴素形象的诗句作了诠释，其《过松源晨炊漆公店》一诗便充分体现了矛盾的普遍性原理：

莫言下岭便无难，赚得行人错喜欢。
正入万山圈子里，一山放出一山拦。

此诗为作者在建康江东转运副使任上的外出纪行之作。人们常说，下山容易上山难，却不知下山之后还要翻过无数座山。诗人借助景物描写和生动形象的比喻，用山区行路之难寄寓深刻哲理，以此告诉人们：人生在世，就是不断与各种困难作斗争，无论顺境还是逆境，都应保持最好的进取状态，而不能松弛懈怠。

实践第一的思想是唯物辩证法的重要观点，我们的先哲对此亦早有论述，古人讲的"操千曲而后晓声"强调的就是注重实践、讲求方法

的意思。东汉哲学家、思想家王充就曾经说过："知屋漏者在宇下,知政失者在草野,知经误者在诸子。"意即立身屋檐下方知屋子漏不漏,身处草莽间才能看清执政者的得失,读读诸子百家的书就容易看出经书的错误。汉朝的刘向也曾说过:"耳闻之不如目见之,目见之不如足践之。"古代先贤们这些论述的中心意思,都是在强调实践的极端重要性。对于实践的意义,古诗文中多有叙述。其中最有代表性的莫过于唐人陆游的《冬夜读书示子聿》一诗,其中"纸上得来终觉浅,绝知此事要躬行"这两句可谓历久弥新,不愧为千古名言。此外,苏轼在《题惠崇春江晓景》中的诗句,以"竹外桃花三两枝,春江水暖鸭先知"生动形象地说明了戏水的鸭子才会感知一江春水的回暖,其中巧妙地蕴含了"戏水"这一实践的过程。

抓主要矛盾是马克思主义方法论的重要体现,也是领导工作的基本要领。这一思想在古代诗词中也早有体现。杜甫在《前出塞》中"射人先射马,擒贼先擒王"的诗句,似谚似谣,颇具韵味,饶有理趣。两个"先"字,开人胸臆,说明做任何事情不能眉毛胡子一把抓,而应该分清轻重缓急,抓住关键环节,解决主要矛盾,以此促进工作全面推进。

办任何事情不能违背事物的客观规律是辩证唯物主义的基本内容。朱熹在《活水亭观书有感》(其二)诗中揭示了这一思想:

> 昨夜江边春水生,艨艟巨舰一毛轻。
> 向来枉费推移力,此日中流自在行。

诗词的原意是:昨天晚上,江河的春水涨起来了,偌大的战船漂浮在水面犹如一片羽毛那样轻盈。往日水少时,很多人花费了很大的气力也不曾挪动巨舰一尺一寸。现在大船可以自由自在地漂行在水流之中了。这也是一首借事说理的诗:一方面可用来比喻悟出一个道理时的自在快乐,另一方面也用来比喻在时势未到时行事的盲目无益和时机成熟时的水到渠成,强调了只有遵循事物的客观规律办事才能成功的道理。

事物相对性和绝对性的统一,是辩证法的基本内容。古人早就认识到了这一点,如屈原《天问》中"尺有所短,寸有所长"、卢梅坡《雪梅》中"梅须逊雪三分白,雪却输梅一段香"、白居易《涧底松》诗中的"高者未必贤,下者未必愚"等诗句昭示的都是任何事物既有长处也有短处、既有优势也有劣势的辩证关系。这些诗句语言形象,比喻贴切,充分展露了诗人思辨的机锋。

其实,古代诗词中包含哲学思想的作品还可例举许多,如刘希夷《代悲白头翁》中脍炙人口的"年年岁岁花相似,岁岁年年人不同"体现的是事物变与不变的规律;《诗经·小雅·鹤鸣》中的"他山之石,可以攻玉"强调了学习与借鉴的重要意义;虞世南《蝉》中的"居高声自远,非是借秋风",无疑也隐含了内因与外因的相互关系;邵雍《安乐窝中吟》中的"美酒饮教微醉后,好花看到半开时",蕴含了凡事有度、过犹不及的道理；苏轼《水调歌头》中"人有悲欢离合，月有阴晴圆缺，此事古难全"的词句，告诉我们世上没有十全十美的事物，凡事不能不切实际地过分追求理想化、绝对化。

万物静观皆自得，四时佳兴与人同。

道通天地有形外，思入风云变态中。

北宋理学家程颢的这首《秋日偶成》中的诗句，揭示了宇宙万物变化的无穷妙理，辩证的思想跃然纸上。我们在吟诵欣赏众多古诗词语言美和意境美的同时，还可以品味其中的哲理美、思辨美，这对于培养自己的哲学思维无疑是十分有益的。

一枝一叶总关情

——中国古代诗词中的民生情怀

　　作为华夏传统文化瑰宝的中国古代诗词,不仅有着极高的文学艺术成就,而且还有着很强的思想性和政治性,尤其是古人们在诸多诗词篇什中所表现出的仁政爱民、体恤黎民百姓的民生情怀,更是难能可贵,足可起到启迪后人的作用。

　　诗圣杜甫一生忧国忧民,他的诗作始终以最普通的老百姓为主角,具有鲜明的时代特征和浓郁的百姓情怀,不少著名诗篇都有这方面的描述。公元 760 年春,杜甫在众亲友资助下,于成都郊外浣花溪畔盖一草堂安顿其家人。翌年 8 月,草堂在瑟瑟秋风中摇摇欲坠。诗人为此百感交集,遂写下《茅屋为秋风所破歌》:

　　　　八月秋高风怒号,卷我屋上三重茅。茅飞渡江洒江郊,高者挂罥长林梢,下者飘转沉塘坳。南村群童欺我老无力,忍能对面为盗贼。公然抱茅入竹去,唇焦口燥呼不得,归来倚杖自叹息。俄顷风定云墨色,秋天漠漠向昏黑。布衾多年冷似铁,娇儿恶卧踏里裂。床头屋漏无干处，雨脚如麻未断绝。自经丧乱少睡眠，长夜沾湿何由彻！安得广厦千万间，大庇天下寒士俱欢颜，风雨不动安如山！呜呼！何时眼前突兀见此屋，吾庐独破受冻死亦足！

杜甫通过描写自身的疾苦反映了"天下寒士"的疾苦，并表达了"安得广厦千万间，大庇天下寒士俱欢颜"的美好愿景。除此之外，杜甫在《自京赴奉先咏怀五百字》中的名句"朱门酒肉臭，路有冻死骨"，同样也愤世嫉俗地表达了对贫富悬殊、社会不公的愤懑与不满，饱含了对劳苦大众的同情心，诗人内心深处炽热的爱民忧民情感被表现得淋漓尽致。

唐朝大诗人韦应物在做苏州刺史时，看到自己管辖区内老百姓流离失所，曾写下这样的诗句："身多疾病思田里，邑有流亡愧俸钱。"诗句表达了为官者"上羞朝廷寄，下愧闾里民"的自责心理。另一唐人元结在唐代宗广德年间任湖南道州刺史时，社会兵荒马乱、官府横征暴敛。目睹民不聊生的惨状，诗人仗义执言，上书朝廷，为民请命。同时写下了极具代表性的两篇抨击官府、同情民众的不朽诗作《舂陵行》和《贼退示官吏》。前首诗中，作者用"军国多所需，切责在有司"说明了税赋繁多的根源；用"朝餐是草根，暮食仍木皮。出言气欲绝，意速行步迟"描述了被统治者盘剥殆尽的百姓孱弱的形态；用"追呼尚不忍，况乃鞭扑之"表明了心中的同情和感慨。后一首诗中，诗人明确反对"今彼征敛者，迫之如火煎"，表示自己宁愿弃官回乡归隐，也决不加害于民，并且还在诗中指出官吏之害大于"贼"之害。诗人在当时社会条件下，如此怜悯大众百姓、敢于抨击统治阶级的抗争精神无疑是令人钦佩的。杜甫曾对元结的这两首诗给予了极高的评价，曰："道州忧黎庶，词气浩纵横。两章对秋月，一字偕华星。"

中唐时期伟大的现实主义诗人白居易,在他的组诗《新乐府》中那首著名的诗作《卖炭翁》,以极其细腻、形象的笔触描摹了一位卖炭老汉催人泪下的艰辛生活与内心活动:

> 卖炭翁,伐薪烧炭南山中。满面尘灰烟火色,两鬓苍苍十指黑。卖炭得钱何所营?身上衣裳口中食。

上述几句,简明扼要地概括了主人公繁重的劳动过程,并为读者刻画了一幅饱受烟火熏烤且满身尘土的卖炭翁肖像。随后又以一问一答说明老汉烧炭卖炭完全是为充饥御寒的生活所迫。"可怜身上衣正单,心忧炭贱愿天寒",这两句,又把卖炭翁自身衣着单薄但又恐天暖炭贱,故宁可天寒挨冻的复杂内心活动刻画得入木三分,足可让人潸然泪下。"夜来城外一尺雪,晓驾炭车碾冰辙。牛困人饥日已高,市南门外泥中歇。"此四句描写老汉在冰天雪地里驾车,因饥寒交迫在泥泞的道上歇息的场景……所有这些,都寄托了诗人对劳动人民的无限同情以及对当时统治者剥削罪行的有力鞭挞。诗中描写的是卖炭翁这一个体形象,但反映的却是天底下所有劳动人民的苦难生活,触及的是剥削与被剥削的社会本质。

此外,白居易在任忠州(今四川忠县)刺史时还曾写下《竹枝词》一诗:

> 《竹枝》苦怨怨何人?夜静山空歇又闻。
> 蛮儿巴女齐声唱,愁杀江楼病使君。

前两句言《竹枝》歌声悲凉、凄苦,夜间断断续续地飘荡在山城的上空;后两句写巴渝地区群众传唱《竹枝》者之众,并言其歌声所传出的情感,使在江楼上的诗人受到感染,想到治下人民的苦难,自己心中也充满愁情。这首词从一个侧面反映出唐时边远地区劳动人民的生活苦难,也表达了作者对劳苦大众深深的同情之心。

此外,白居易 60 岁时写下的《新制绫袄成,感而有咏》一诗中"心中为念农桑苦,耳里如闻饥冻声"两句诗,也生动地表达了诗人真挚的情感,那种叹息苍生百姓、心忧劳苦大众的情怀让人为之动容。

唐代另一位杰出诗人刘禹锡,在贬谪生活中有机会更多地接触人民群众,并从民间歌谣中吸取营养,写出了许多有独特风格的优秀诗篇。《浪淘沙》就是他被贬谪夔州(今四川奉节)所写的一首同情淘金女劳动生活的诗作:

> 日照澄洲江雾开,淘金女伴满江隈。
>
> 美人首饰侯王印,尽是沙中浪底来。

前两句写所见:朝阳升起,晨雾初散,在弯弯曲曲的江边沙滩上挤满淘金女,她们已忙碌地在进行淘金劳动了。后两句为议论:那侯王手中象征权力、地位的官印,那宫中美人头上珍贵的首饰,哪一样不是由淘金女费尽千辛万苦从"沙中浪底"淘出的金子打制而成? 对于这篇体恤普通劳动者的政治讽刺诗,现代诗人、作家、新红学派创始人之一的俞平伯先生曾高度评价道:"本篇在唐人词中,思想性殊高。"

其实,古诗中反映人民群众劳动生活艰辛与不易的诗作比比皆是。明代著名文学家施耐庵在《水浒传》中有四句通俗易懂的小诗曰:

> 赤日炎炎似火烧,野田禾稻半枯焦。
>
> 农夫心内如汤煮,公子王孙把扇摇。

　　从这首语言朴素简单的小诗中,我们能够强烈地感受到诗词作者爱憎分明、体恤民情的炽热情感。宋人张俞小诗《蚕妇》中"遍身罗绮者,不是养蚕人"的诗句,借蚕妇之口为包括养蚕人在内的天下劳动者鸣不平,强烈抨击了耕者无食、劳者无衣、寄生剥削者却丰衣美食的不公平社会现实。在看似怨而不怒的通俗诗句里,蕴含着震撼人心的思想内容,具有非常深刻的社会意义和广泛的人民性。宋代诗人梅尧臣《陶者》中"十指不沾泥,鳞鳞居大厦"的诗句也表达了同样的思想情感,作品通过劳而不获的"陶者"与不劳而获的"十指不沾泥"这两种人的对比,具体有力地揭露了当时封建社会的不合理现象,表达了对广大劳动者的同情和对统治者的愤恨。唐人李山甫在《公子家》中,"不知买尽长安笑,活得苍生几户贫"的诗句亦形象地说明了封建统治阶级的腐化奢侈和劳动人民的贫苦艰辛。

　　北宋后期的文坛巨匠苏轼任徐州知州时,有一年遇上严重的春旱。为解灾情,苏轼前往一个叫石潭的地方求雨。得雨后,在去石潭谢雨的途中作《浣溪沙》五首。其中一首写道:

麻叶层层苘叶光,谁家煮茧一村香?隔篱娇语络丝娘。垂白杖藜抬醉眼,捋青捣䴔软饥肠。问言豆叶几时黄?

另一首内容为:

簌簌衣巾落枣花,村南村北响缫车。牛衣古柳卖黄瓜。酒困路长惟欲睡,日高人渴漫思茶。敲门试问野人家。

这两首词均以清新、朴实的文风记录了作者在农村的所见所闻,捕捉并描绘了农民生产生活中的细节与片段。由此,一个不忘百姓疾苦、关心农民生计的州官形象呼之欲出,跃然纸上。

清朝官吏、人称"扬州八怪"的郑板桥,50 岁受命出任山东范县(今属河南)县令。当时的范县是个很小的县,踌躇满志的郑板桥虽有些失望,但总算是可以实现其"得志则泽加于民"的抱负了。任职期间,他与善良质朴的穷苦百姓结下了深厚的感情,其真挚的民生情怀可在《墨竹图题诗》中可见一斑:

衙斋卧听萧萧竹,疑是民间疾苦声。
些小吾曹州县吏,一枝一叶总关情。

这画中的竹子,不再是自然竹子的"再现",这题诗,也不再是无感而发的题诗。透过画和诗,使人联想到郑板桥的人品。他身为知县,从衙斋萧萧的竹声中联想到百姓疾苦,说明他心中装着百姓,对生活在社会底层的百姓有深深的同情心。他的另一首写"范县"的诗,其中亦有两句对高高在上、不谙民情的封建君主作了辛辣讥讽:"县门一尺情犹隔,况是君门隔紫宸。"意即小小县衙的一道浅浅的门墙,都能使县太爷与民情产生隔膜,那皇帝老儿高坐在重门深锁的金銮殿上,还能知道什么?

明代名臣于谦所写的《咏煤炭》,是一首咏物诗,诗的结尾写道:"但愿苍生俱饱暖,不辞辛苦出山林。"作者以煤炭自喻,托物言志,抒发了自己甘为人民群众"鞠躬尽瘁,死而后已"的抱负与情怀。

总之,我们的古代诗人们,用他们对国家、对民族的忠诚和"居庙堂之高则忧其民"的百姓情怀,创造了延续千百年却依然闪烁着真理光芒的不朽诗篇。认真研究借鉴古人在诗词中所展现的包括民生情怀在内的一系列开明而又进步的思想理念,对于我们各级领导干部做好新形势下的群众工作,更好地贯彻科学发展观、以人为本这一核心,无疑是大有裨益的。

丹心碧血照汗青
——中国古代诗词中的民族气节

　　中华民族的历史，是一部惊天地泣鬼神的英雄史诗。女娲补天、共工触山、后羿射日、嫦娥奔月，四大古代神话中，记述着华夏儿女所表现出的最原始而又最淳朴的民族气节。而作为中国传统文化精髓的古诗词，有众多的篇章都充满了强烈的爱国主义和革命英雄主义的浩然之气。

　　千百年来，这类主题的诗词作品为华夏儿女砥砺情志、陶冶情操提供了巨大的正能量和永不枯竭的精神源泉。

苍生社稷、绵长厚重的家国情怀

　　"位卑未敢忘忧国"，最是诗中家国情。从中国传统文化意义上讲，"家"和"国"从来都是融为一体，不可分割的。在上下五千年漫长的历史长河中，家国情怀与情感的延续在很大程度上是由诗文的形式传承的。宋代政治家范仲淹在《岳阳楼记》中的两句名言颇具代表性：

"居庙堂之高则忧其民,处江湖之远则忧其君。"作者无疑表明,自己不论身处何时何地,一以贯之的,依然是忧心苍生社稷的家国情怀。南宋诗人郑思肖在《德祐二年岁旦》一诗的颔联为:"一心中国梦,万古下泉诗。"此句诗是诗人渴望收复失地、统一国家的激情呐喊:"我一心想要统一祖国,我日夜盼望的,正是那万古传诵的《下泉》诗中所表达出的愿望啊!"唐人刘禹锡在《学阮公体三首》其三中"忧国不谋身"的简洁表达,是古代先哲一心担忧国家兴亡,而从不为自己利益作谋划的真实写照。明代顾宪成撰写过一副名联:"风声雨声读书声声声入耳,家事国事天下事事事关心。"这副对联曾经是天下读书人关心国家大事、树立家国情怀的座右铭。晚清著名外交家、诗人黄遵宪写过多首关于香港的诗,其中一首七言诗中写道:

寸寸山河寸寸金,侉离分裂力谁任?
杜鹃再拜忧天泪,精卫无穷填海心。

诗人看到国家情势严峻,感叹山河分裂,期望以杜鹃啼血之情唤醒君主力挽国家危亡的决心,同时也表达了自己愿与君主一道,为危难之中的国家,鞠躬尽瘁,死而后已。

从《礼记·大学》中的修身、齐家、治国、平天下到范仲淹《岳阳楼记》"先天下之忧而忧,后天下之乐而乐"的责任担当,从韩愈"欲为圣朝除弊事,肯将衰朽惜残年"到文天祥"平生读书为谁事,临难何忧复何惧"的报国之志,从杜甫"感时花溅泪,恨别鸟惊心"到陆游"王师北定中原日,家祭无忘告乃翁"的念念不忘,从辛弃疾"醉里挑灯看剑,梦回吹角连营"到顾炎武"天下兴亡,匹夫有责"的豪迈气概……展开古代诗文的浩瀚长卷,我们感受到的是家与国、苍生与社稷、个人前途与国家命运的同频共振。

精忠报国、戍边御敌的战斗激情

古诗词中的重要题材之一是表现边塞战争，而这类题材的诗词多半融入了爱国主义、英雄主义的民族正气。大诗人李白在《塞下曲》中写道：

晓战随金鼓，宵眠抱玉鞍。

愿将腰下剑，直为斩楼兰。

诗句画龙点睛地以"晓"和"宵"把戍边将士们夜以继日、无怨无悔驻守边关、英勇杀敌的战斗意志表现得极其鲜明。唐朝诗人李贺面对当时藩镇割据的黄河中下游大片土地，在《南园十三首》中发出了"男儿何不带吴钩，收取关山五十州"的豪迈之声，表现了热血男儿收复失地、保家卫国的战斗激情。盛唐时期著名边塞诗人王昌龄《从军行七首·其四》中"黄沙百战穿金甲，不破楼兰终不还"的名句，写出了将士们在异常恶劣的自然环境和艰苦卓绝的戍边生活中所表现出的英雄气概，将士们不打败敌人誓不还乡的昂扬斗志和士气跃然纸上。晚唐诗人陈陶笔下"誓扫匈奴不顾身，五千貂锦丧胡尘"的诗句，以充满激情与悲壮的笔触描写了前线士兵奋不顾身誓死杀敌、血洒疆场慷慨悲壮的场景。清代徐锡麟《出塞》一诗同样写得器宇轩昂、慷慨激越：

军歌应唱大刀环，誓灭胡奴出玉关。

只解沙场为国死，何须马革裹尸还。

诗句表现了出征将士们为国捐躯在所不辞的崇高情操。唐人杨炯的《从军行》，是一首反映古代文人投笔从戎、征战疆场的诗。作品中"宁为百夫长，胜作一书生"的诗句即是作者从军杀敌战斗意志的真实写照，表示了宁愿做一个小小的军官也不愿当一个无用书生的决心。

古人征战沙场的民族气节不仅表现在热血男儿身上，而且也体现在女子从军的故事里。其中最具代表性的，莫过于南北朝时期北方长篇叙事民歌《木兰诗》，它记述了花木兰女扮男装、替父从军的传奇故事。诗中"万里赴戎机，关山度若飞"的诗句夸张地描写了木兰身跨战马万里迢迢奔向战场的情景。全诗成功地塑造了一位精忠报国的巾帼女豪形象，具有强烈的艺术感染力。宋代著名女词人李清照《上枢密韩公、工部尚书胡公》中的"欲将血泪寄山河，去洒东山一抔土"诗句亦抒发了作者报效国家、愿洒一腔热血的英雄情怀。

宁为玉碎、不为瓦全的思想情操

中国古代的文人，大多具有不畏权势、刚直不阿的坚贞性格。东晋大文学家陶渊明一生淡泊功名，为官清廉，从不趋炎附势，"不为五斗米折腰"便是他节义贞操的真实写照。在古代诗词里，我们不难发现许多诗人均以言物寄志的手法表达了自己崇高的思想情怀。陆游《卜算子·咏梅》中"零落成泥碾作尘，只有香如故"句，托梅抒怀，暗含了作者虽然屡遭磨难和不幸，但始终不改抗金初衷、坚决不与投降派同流合污的忠贞高尚的爱国情操。宋人郑思肖《寒菊》中"宁可枝头抱香死，何曾吹落北风中"的诗句，通过赞美菊花来比喻自己坚贞不屈、决不投降元朝的民族气节，诗句描写画中景物，传递了画外的意蕴，达到景物美与意境美的完美契合，颇有韵致。"未出土时先有节"

是宋人徐庭筠在《咏竹》中对竹子的赞誉。竹子在中华传统文化中被赋予了一种特殊的气节，它具有"宁折不弯"的操守和"中通外直"的品格。竹子性情淳厚而质朴，品格清奇而典雅，形体文静而怡然，此种秉性是国人对高尚情操的最好诠释。

明人唐寅《绝句》中"立锥莫笑无余地，万里江山笔下生"的诗句，颇能表现文人画家的傲然风骨。诗人虽然穷困潦倒，足下无立锥之地，但不失青云之志，笔下的万里江山就是其胸中万丈豪情的抒发。

视死如归、大义凛然的浩然之气

古诗中表现坚贞不屈、大义凛然民族气节的诗句可谓比比皆是。战国时期伟大爱国诗人屈原在《九歌·国殇》中对战死沙场的将士予以了极高礼赞：

> 带长剑兮挟秦弓，首身离兮心不惩；诚既勇兮又以武，终刚强兮不可凌；身既死兮神以灵，子魂魄兮为鬼雄。

诗句声情并发，慷慨深沉。三国魏诗人曹植在《白马篇》中"捐躯赴国难，视死忽如归"的诗句，可谓骨气奇高，悲壮激越，表达了作者为报效国家甘愿以身殉国的凛然风骨。其实，反映民族气节最具代表性的诗句当数南宋民族英雄文天祥《过零丁洋》中的"人生自古谁无死，留取丹心照汗青"。这气势磅礴、风骨遒劲的千古名句，表达了作者虽救国无成但死以明志的高尚情操和坚毅的民族气节。它是作者忠贞肝胆的披露、浩然之气的写照。诗人《酹江月·和友〈驿中言别〉》中"镜里朱颜都变尽，只有丹心难灭"的诗句，同样意境沉雄、气势不凡，充满英雄迟暮之感，抒发了壮志未酬的悲慨。被世人誉为"睁眼看世界第一人"的清代民族英雄林则徐,面对西方列强的坚船利炮和朝廷的昏庸无能,竭力主张禁烟抗英,即便是在自己遭到革职充军的情况下,依然初衷不改,以"苟利国家生死以,岂因祸福避趋之"的浩然之气从容踏上流放充军之路。清代另一位著名政治家、思想家谭嗣同,在从容就义前的《绝命诗》中写道:"我自横刀向天笑,去留肝胆两昆仑。"诗句笔力千钧,气贯长虹。与谭嗣同并称"浏阳二杰"的清末著名政治活动家唐才常,因戊戌变法失败遭清政府逮捕,临刑前留下"七尺微躯酬故友,一腔热血溅荒丘"的诗句,表明了作者泰然面对死神的崇高气节。李清照《绝句》中"生当作人杰,死亦为鬼雄",以及明末西藏女杰沙天香《战歌》中"人生自古谁无死,马革裹尸是英雄",同样充满铁骨凛然的英雄豪气。

社会在发展,时代在前进,中华民族历经沧桑巨变,而中国古代诗词中所表现的民族气节,将永远是华夏儿女实现中华民族伟大复兴的精神动力。

成由勤俭败由奢

——中国古代诗词中的廉政文化

中国的古代诗词不仅风格风流倜傥,而且许多内容极具严肃意义。其作者们以"前车之覆,后车之鉴"的历史观,鲜明地体现了进步而又开明的廉政文化,许多诗作达到思想性和艺术性的和谐统一,从而极大地丰富和拓展了古典诗词的思想内涵。

综观有关廉政思想的作品,古代诗词中圣人先哲重清廉操守的诗句可谓不少。笔者以为不外乎有两个方面的内容:

以诗自勉,托物言志,重节义操守。此为其一。

正所谓"古来圣贤皆寂寞"(李白《将进酒》),古代诗词中圣人先哲有关重清廉操守的诗句可谓不少。从孔子"饭疏食饮水,曲肱而枕之,乐亦在其中也。不义而富且贵,于我如浮云",到陶渊明"不戚戚于贫贱,不汲汲于富贵";从苏轼的"一点浩然气,千里快哉风",到白居易"身心转恬泰,烟景弥淡泊";从杜牧"草色人心相与闲,是非名利有无间",到辛弃疾"事如芳草春长在,人似浮云影不留";从明人唐寅的"不使人间造孽钱",到郑板桥"宦海归来两袖空"等,众多诗文均表明了古代名贤高士追求清雅、淡泊名利、戒除贪欲、甘于清贫的人生观、价值观。古人修身从来讲究一个"戒"字，心中有戒，言行方不越界。正如李白诗云："戒得长天秋月明，心如世上青莲色。"反思如今众多官员违纪违法的现象，其中重要的原因恐怕就在于思想上缺失了应有的戒律吧。

古人赋诗不仅自勉，还常常借物以言清廉之志。宋人周敦颐在《爱莲说》中的"出淤泥而不染，濯青莲而不妖"，这历来是古代仁人志士为官、从政、做人的座右铭。明代于谦在《石灰吟》中曰：

千锤万凿出深山，烈火焚烧若等闲。
碎骨粉身浑不怕，要留清白在人间。

作者借石灰象征自己清白的操守。诗人不仅这样说，而且在行动中也是这样做的。明朝正统年间，各地官僚都会向宦官献宝，于谦在入京前也被同僚所劝带些土特产。于谦却举起两袖，带入缕缕清风，并作《入京》一首：

绢帕蘑菇与线香，本资民用反为殃。
清风两袖朝天去，免得闾阎话短长。

诗词表明土特产虽不是贵重之物，但皆是民脂民膏，不贪不占、光明磊落、两袖清风才是为官本色，守大节，更顾小节，便不会丧失民心了。清代郑燮在《竹石》中赞誉岩竹：

咬定青山不放松，立根原在破岩中。
千磨万击还坚劲，任尔东西南北风。

　　这首类似谜语的诗作在赞美竹子的坚强中，隐喻了自身的刚劲风骨。元代著名诗人兼画家王冕笔下的梅花是那么的清香怡人，又是那么的神清骨秀。以梅之性格来表明诗人心志的诗词有两首。一首是《墨梅》：

　　　　吾家洗砚池边树，朵朵花开淡墨痕。
　　　　不要人夸好颜色，只留清气满乾坤。

　　另一首题为《白梅》：

　　　　冰雪林中著此身，不与桃李混芳尘。
　　　　忽然一夜清香发，散作乾坤万里春。

　　两首小诗把梅花"俏也不争春，只把春来报"的精神刻画得非常传神，更含蓄的是以梅花甘于寂寞、不落风尘、不争功名、独守清雅的品格来隐喻古代士大夫所推崇的高洁脱俗的志趣及接济天下的操守。

　　古人不仅以诗自勉，更难能可贵的是能够以身示范，做到言行一致、知行统一。这方面的典范莫过于国人家喻户晓的宋代清官包拯。在《书端州君斋壁》一诗中他写道：

　　　　清心为治本，直道是身谋。
　　　　秀干终成栋，精钢不作钩。
　　　　仓充鼠雀喜，草尽兔狐愁。
　　　　史册有遗训，毋贻来者羞。

　　这首诗是流传下来的唯一一首包拯的诗篇,可谓珍贵至极,是包拯一生为官做人的光辉写照,很值得后人仔细品味。诗的大意是:居心清正是治理政事的根本,正道直行是做人的准则。秀美的树干终将成为栋梁之材,精纯的钢铁绝不应该做成弯钩。仓库充盈,老鼠、麻雀也会喜欢,地光草尽,狐狸、兔子都要发愁。史书上记载着历代先贤的遗训,从政做官不要留下劣迹招致后人的羞辱。所谓诗言志,这首诗就充分表明了包拯廉洁奉公、刚正不阿的高尚品格,也表明了他立志做国家的栋梁、为民造福、留名史册的决心。此外,包拯还旗帜鲜明地肯定"廉者,民之表也",斥责"贪者,民之贼也"。为官期间,包拯清廉奉公,为民造福,刚直不阿,其高尚品格为世人传颂和景仰。

　　白居易不仅才华横溢,而且为官清廉。白居易曾在杭州任刺史,一次在游天竺山时,带回两块玲珑可爱的小石头。之后,白居易深感自己这样做有损大自然之美,并认为这样的行为和贪污千金一样,不应是清白官员所为。于是,他提笔写下了一首检讨诗:"三年为刺史,饮冰复食蘖。唯向天竺山,取得两片石。此抵有千金,无乃伤清白。"

小诗生动地反映了诗人防微杜渐、清廉律己的高尚品格。

以史为鉴，借古讽今，诫示当政者。此为其二。

中国历史上因为统治集团严重腐败导致人亡政息的例子比比皆是。秦始皇是第一个统一中国的封建帝王，开始是代表了历史发展要求的。但他好大喜功，横征暴敛，弄得民怨沸腾，不过传之二世秦王朝就灭亡了。为此，晚唐杰出诗人杜牧在《阿房宫赋》中总结这一历史教训时曰："秦人不暇自哀，而后人哀之；后人哀之而不鉴之，亦使后人而复哀后人也。"唐王朝建立之初，政治清明，官吏清廉。唐太宗励精图治、纳谏任贤，后来成就了"贞观之治"。但是，唐王朝后来的统治者渐渐忘乎所以，沉醉于声色犬马。唐玄宗"春宵苦短日高起，从此君王不早朝"（白居易《长恨歌》），致使各级官吏贪污贿赂成风，结果是"渔阳鼙鼓动地来，惊破霓裳羽衣曲"（白居易《长恨歌》），发生了"安史之乱"，唐王朝也就从兴盛走向衰落，最后王仙芝、黄巢起义攻下长安，唐王朝便寿终正寝。其实，对于唐王朝"奢靡之始，危亡之渐"的趋势和兆头，许多有识之士当时早有察觉。唐代诗人刘禹锡在《金陵五题·台城》中写道：

台城六代竞豪华，结绮临春事最奢。
万户千门成野草，只缘一曲后庭花。

诗人怀古讽今，借六朝旧事，讽喻唐朝统治者，不要重蹈六朝灭亡的覆辙。杜牧针对晚唐统治集团不思进取、苟安享乐的奢靡之风，在《泊秦淮》一诗中，以"商女不知亡国恨，隔江犹唱后庭花"的诗句表达了内心的忧虑。晚唐另一位著名人物李商隐，在他的《览古》一诗中亦尖锐地指出："莫恃金汤忽太平，草间霜露古今情。"以此明确地告诫统治者：一切都在变化，金城汤池并不能永保国家不衰亡。只可惜，开明人士的忠告均未能挽回唐王朝的灭亡。

　　其实,在唐之前的南朝,世族间因长期贪图安逸,以致在侯景之乱之后走向衰亡,直至最终彻底崩溃的历史悲剧,亦与唐朝覆灭的教训如出一辙。为此,唐代李山甫在《上元怀古》一诗中写道:

> 南朝天子爱风流,尽守江山不到头。
> 总是战争收拾得,却因歌舞破除休。
> 尧行道德终无敌,秦把金汤可自由。
> 试问繁华何处有? 雨苔烟草古城秋。

　　诗中辛辣地指出了南朝灭亡坏在歌舞,坏在风流,也坏在大兴土木上,同时也深刻地揭示了"德系盛衰"的历史规律。诗的最后两句抒发了诗人对历史变迁而引发的深沉思考:曾经的繁华已经逝去,眼前呈现的只是一座冷寂的荒城,在萧瑟的秋雨中静默,令人感慨万千,唏嘘不已。

　　除了唐王朝由盛到衰直至最终覆灭的历史悲剧之外,北宋亦未能避免这一厄运。公元 1126 年,金人攻入北宋首都汴梁,中原国土沦陷。赵构逃往江南,在临安即位,史称南宋。南宋小朝廷并没有接受北宋亡国的惨痛教训而发愤图强,当政者腐败无能,不思收复中原失地,只求苟且偏安。他们对外屈膝投降,对内残酷迫害岳飞等爱国人士,达官显贵一味纵情声色,寻欢作乐。针对这种黑暗的现实,诗人林升触景伤情,写下了充满忧虑和义愤的诗句:

> 山外青山楼外楼,西湖歌舞几时休?
> 暖风熏得游人醉,直把杭州当汴州!

　　这首诗把那些骄奢淫逸、祸国殃民的达官显贵和当时虚假繁荣太平的景象刻画得惟妙惟肖，入木三分，表达了诗人对国家民族命运的深切忧虑。

　　总结历史上王朝更替兴亡的教训，李商隐把纵的历史和横的现实联系起来，在《咏史》诗中以"历览前贤国与家"的历史观，向世人发出了"成由勤俭败由奢"的告诫，深刻地揭示了"生于忧患，死于安乐"的历史规律。清代学者金缨编著的《格言联璧》中也有类似的警策之语，如："俭则约，约则百善俱兴；侈则肆，肆则百恶俱纵。"古人的诗句和警语内涵如黄钟大吕，振聋发聩。

　　以铜为镜，可正衣冠；以史为鉴，可知兴衰。古往今来"忧劳可以兴国，逸豫可以亡身"（欧阳修《五代史伶官传序》）的事例还很多，我们应该"温故而知新"，"彰往而察来"。

不拘一格降人才

——中国古代诗词中的人才思想

识才用才，举贤任能，是历朝历代富有远见的开明人士的共识。古代诗词中关于识才、用才、育才的篇章亦不在少数。归纳起来，至少可以从以下三个方面学习鉴赏。

人才乃国之宝，治国需要人才

明太祖朱元璋曾把贤才喻为"国之宝"，这说明人才于一个国家兴亡的极端重要性。宋人李九龄读《三国志》后，曾写有如下心得体会：

> 有国由来在得贤，莫言兴废是循环。
> 武侯星落周瑜死，平蜀降吴似等闲。

三国鼎立，曹魏挟天子以令诸侯，主要得益于天时；孙吴占据富庶的江南，主要得益于地利；刘蜀桃园三结义，主要得益于人和。吴蜀相继失去周瑜和诸葛亮后,最终被兼并统一。这说明贤者、人才关乎事业的成败,正所谓"江山也要伟人扶"(清袁枚)。大到一个国家,小到一个单位,兴废大都取决于有没有人才。这是一条定律,古往今来,概莫能外。清人张鹏翀在《经史法戒诗》中曰:"人才与国相终始,千古兴忘鉴青史。"可见,人才关乎国运,国运倚靠人才。其实,从某种意义上讲,一部中国的历史就是一部用人史。清代著名思想家、文学家龚自珍的《己亥杂诗》中写道:

> 九州生气恃风雷,万马齐喑究可哀。
> 我劝天公重抖擞,不拘一格降人才。

　　此诗近似于一篇寓意深刻的政治檄文。全诗主题鲜明,层层递进。诗的前两句尖锐地抨击了朝野噤声、死气沉沉、万马齐喑的社会现实,并指出要改变这种沉闷、腐朽的状况,就必须依靠风雷激荡般的巨大力量,而这种力量就是波澜壮阔的社会变革,只有变革才能使中国重新焕发生机。诗的后两句认为,这样的力量来源于人才,而朝廷所应该做的就是识才用人,唯此,中国才有希望。诗中"九州""风雷""万马""天公"这样一些气势不凡的词语,极具力度和分量。

人才不是全才,用人不能苛求

　　用人所长是古今为政者一条基本的用人方略,也是成就事业之道。刘邦总结自己成功经验的一段话发人深省:"夫运筹策帷帐之中,决胜于千里之外,吾不如子房;镇国家,抚百姓,给饷馈,不绝粮道,吾不如萧何;连百万之军,战必胜,攻必取,吾不如韩信。此三者,皆人杰也,吾能用之,此吾所以取天下也!"尺有所短,寸有所长。人才有其长

处,亦有短处。用人就是要扬其长,避其短。正如清朝诗人顾嗣协在
《杂兴》中写的那样:

> 骏马能历险,力田不如牛。
> 坚车能载重,渡河不如舟。
> 舍长以就短,智者难为谋。
> 生材贵适用,慎勿多苛求。

宋代著名词人黄庭坚在《过平舆怀李子先时在并州》一诗中曰:
"世上岂无千里马,人中难得九方皋。"九方皋是《列子·说符》中记载
的一位善于识别马的优劣的人士。这两句诗告诉我们,世上从来都不
缺人才,关键是要有善于发现人才的伯乐,否则千里马再多,也终将会
被埋没。一个贤才就好比是一个资源富矿,关键是开采者会不会开
采:会开采则宝藏滚滚而来;不会开采不仅浪费资源,还可能造成环境
污染。王安石《浪淘沙令》词曰:

> 伊吕两衰翁,历遍穷通。一为钓叟一耕佣。若使当时身不
> 遇,老了英雄。

这首咏史诗借伊吕两位古代贤臣的际遇和名垂史册的功绩,寄托
了作者自己的感慨和理想,尤其说明正是因为有了英明的贤者,才造
就、成就了人才,否则英雄也就没有用武之地了。

其实,任何事物都有两面性。一方面,领导者要善于识才、用才;
另一方面,真正优秀的人才也需要开明的领导者去扶持,去引领。正
所谓"良禽择木而栖,贤臣择主而侍"。用现在的话来说,领导和人才
之间,不是单向取舍,而是一种双向选择。

人才重在培养，育才重在长远

人才的培养是一个渐进和积累的过程，正所谓"十年之计，莫如树木；终身之计，莫如树人"。白居易在《放言五首·三》诗中以"试玉要烧三日满，辨材须待七年期"的比喻说明人才培养非一日之功，而是需要日积月累地长期做工作。人才的成长一方面要靠内因；另一方面，当然也离不开外因的作用。比喻育才的诗句恐怕还要首推龚自珍《己亥杂诗》中"落红不是无情物，化作春泥更护花"这两句经典名句。诗句描写的是秋花凋零之后纷纷扬扬地洒落根底，不远去、不离弃，回归大地，化身成泥，哺育花枝生命之树常青。诗句巧妙形象地赞喻培育人才需要育才者具有无私付出和奉献的崇高精神。扬州八怪之一的郑板桥《新竹》一诗以"新竹高于旧竹枝，全凭老干为扶持"的比喻形象地阐明了人才需要培养以及青出于蓝而胜于蓝的道理。大诗人杜甫在《将赴成都草堂途中有作，先寄严郑公五首》其四一诗中有两句也很值得品味，诗曰："新松恨不高千尺，恶竹应须斩万竿。"诗人对"新松"倾注了热烈的爱，希望快快长大、早日成才；而对那随处乱生、侵蔓庭院的"恶竹"则欲除之而后快。这两句诗的深层含义绝非限于松竹，而是借物表达了诗人扶助君子和人才、贬抑小人的思想内涵。

江山社稷，人才为本。治国理政，用才为先。只有不断地发现人才、重用人才、培养人才，我们的事业才能出现"江山代有才人出，各领风骚数百年"那样一种后继有人、人才辈出的局面。

人生唯有读书好
——中国古代诗词中的诗书情怀

中华民族是个热爱读书的民族。千百年来,众多的圣人先哲、仁人志士留下了无数关于赞誉诗书、博览群书、发奋读书的名言佳句。概括这些诗句,不外乎有如下几个方面的思想内容。

读好诗书一生受益无穷

在中国的封建社会,"学而优则仕"的观念可谓深入人心。因而古人把读书这件事看得非常重要,由此读书时也特别郑重其事:春晨秋暮,花朝月夕;明窗净几,沐浴更衣;净手焚香,正襟危坐;轻捧书卷,虔敬诵读。在古人看来,读书不仅仅是为了获取知识,其行为本身就是一种净化灵魂的过程,一种向书籍致敬的庄严仪式。关于读书的重要性,我们或许可以用批判的眼光,从宋代皇帝赵恒的《励学篇》中汲取一些积极有益的东西:

富家不用买良田，书中自有千钟粟。

安居不用架高堂，书中自有黄金屋。

出门莫恨无人随，书中车马多如簇。

娶妻莫恨无良媒，书中自有颜如玉。

男儿欲遂平生志，六经勤向窗前读。

　　诗词通篇说的都是读书的好处。虽然有人批评这位皇帝宣扬的观点中含有"万般皆下品，唯有读书高"的意思，但其传递的"书是人类的朋友，读书有益"的主题，无疑有着积极和正面的意义。明代的才子解缙为倡导人们好好读书也写过一首《解学志读书吟》："读书好，读书好，读得多书无价宝……读书好，人不晓，名标金榜中，宗祖增荣耀……"由于时代的局限性，解缙在《解学志读书吟》中所表达的思想观点我们当然不能完全赞同，但其号召人们读书的态度无疑值得肯定。北宋大文学家欧阳修曾说过："立身以立学为先，立学以读书为本。"宋代文人翁森在他的《四时读书乐》中"人生唯有读书好""读书之乐乐无穷"两句诗，同样也表达了读书使人受益且乐趣无穷的思想内容。明人于谦有诗曰：

书卷多情似故人，晨昏忧乐每相亲。

眼前直下三千字，胸次全无一点尘。

　　把诗书比作多情的故人，比喻浪漫且富有诗意，可谓爱书几近痴迷。书籍既为故人，那么读书也就是与故人促膝长谈、倾心交流的过程。青灯黄卷，如对故人；悲喜与共，款曲相通；思接千载，神游万里；朝夕相处，忧乐相伴。南宋诗人郑思肖写自己在报国寺的隐居生活，只用了寥寥十一个字："布衣暖，菜羹香，诗书滋味长。"一个"长"字，让人回味无穷。宋代两位可以相提并论的著名女词人李清照和朱淑真，分别写有一首读书的小诗。其中李清照的诗曰"枕上诗书闲处好，门前风景雨来佳"，描写的是作者读书赏雨的场景；而朱淑真《桂花》中"一枝淡贮书窗下，人与花心各自香"的诗句，描写的是诗人在书窗下孜孜苦读的瞬间，这两句诗都似一幅淡雅的水墨画，描写了作者读书赏雨的场景。小诗清柔细腻，平淡怡情，反映了诗人热爱读书的优雅情致。古人历来认为人的气质需要书的滋养，正所谓"最是书香能致远，腹有诗书气自华"。只有"知书"，方能"达礼"。古人这些开明而又进步的读书观，对于当今社会而言，依然有着积极的借鉴意义。

古代的大师学者以为，文章诗词为静态之物，阅读者为动态之人，阅读者依自己的品格、学识和境界来认识理解文章诗赋，久而久之，便可养成浩然之正气，高远之境界。这无疑是一种积极的阅读，一种养心的阅读，乃至成为一种成功的阅读。

博览群书才能学识广博

"读万卷书，行万里路""腹中贮存书万卷"是古代先贤们不懈的追求。清代民族英雄林则徐一生酷爱藏书、读书，即便在受到朝廷迫害、贬谪伊犁临行前还赋诗云："纵许三年生马角，也须千卷束牛腰。"试想，这是一种何等高尚的思想情操和精神追求。古人向来认为，要想获取广博的知识必须多读书。或许正是有了"书到用时方恨少"的真切感受，诗人们才会有"发奋识遍天下字，立志读尽人间书"（苏轼）的豪迈誓言，也才会对世人发出"富贵必从勤苦得，男儿须读五车书"（杜甫）的谆谆劝勉。古人不仅是这样说的，而且也是这样做的。杜甫"下笔如有神"的功底笔力，无疑缘于他"读书破万卷"的决心毅力。清人张问陶"留得累人身外物，半肩行李半肩书"的诗句，既是古时一

介书生的辛酸自嘲，更是作者热爱读书、精神富有的真实写照。其实，读书就是一种生活状态，就是学习。而读书学习不能满足一阵子，必须坚持一辈子。西汉文学家刘向曰："少而好学，如日出之阳；壮而好学，如日中之光；老而好学，如炳烛之明。"这一段话形象生动，比喻贴切，强调了终身读书学习对于一个人成长与成才的重要性。古代先哲倡导终身学习的思想虽跨越时空两千余年，但至今仍极具教育意义，且永远不会过时。

攻读诗书必须狠下苦功

古人深知读书须勤奋刻苦的道理，故有"囊萤映雪""凿壁偷光""负薪挂角"的故事。汉魏时期《古诗十九首·生年不满百》中"昼短苦夜长，何不秉烛游"的诗句，同样也道出了读书的辛苦与不易。唐代诗人颜真卿在其《劝学》一诗中曰：

> 三更灯火五更鸡，正是男儿读书时。
> 黑发不知勤学早，白首方悔读书迟。

诗句一方面反映了读书人起早贪黑、秉烛夜读的清苦，另一方面亦以苦口婆心的口吻劝诫年轻人莫要错失读书的大好时光。元代张翥笔下的"矮窗小户寒不倒，一炉香火四围书"描写的则是古人在滴水成冰的冬夜里，不惧严寒、孜孜苦读的场景；正因为读书郎"寒夜读书忘却眠，锦衾香烬炉无烟"的痴迷苦读，所以才惹来了"美人含怒夺灯去，问郎知是几更天"（袁枚《寒夜》）的愤懑和抱怨。明末的张溥，是刻苦读书的典范。读书时先抄一遍，然后再读一遍，之后烧掉书稿。抄、读、焚、抄……如此反复七遍，直到铭记于心。因此，他给自己的书斋起名曰"七焚斋",也称"七录斋"。张溥一生著书等身,与他七焚七录的书斋苦读不无关系。

善读精读方可悟出真谛

古人提倡读书不仅要下苦功,而且要有正确的学习方法。要沉潜心思,恬静研修,心无旁骛地与智者对话,在经典中寻宝。要善读精读,"把书读懂、读深、读透",真正体味其精,认知其理,领悟其中真谛。朱熹《朱子语类》云,读书和"吃果子相似,未识滋味时,吃也得,不消吃也得。到识滋味了,要住,自住不得"。宋代理学家程颐同样亦有"外物之味,久则可厌;读书之味,愈久愈深"的认知。韩愈则一针见血地指出:"读书患不多,思义患不明。"所谓"旧书不厌百回读,熟读深思子自知"(苏轼《送安敦秀才失解西归》)和宋人陆九渊所说"读书切戒在慌忙,涵泳工夫兴味长",以及郑板桥名言"书从疑处翻成悟,文到穷时自有神"等,阐明的均是一个道理,即读书不能囫囵吞枣、浅尝辄止,必须熟读精思、探幽发微。其实,读书的方法与一个人的生活阅历密切相关。不同的读者或同一读者在不同的年龄段,对同一部(篇)作品的理解往往有深浅之别。对此,清人张潮在《幽梦影》一书中有极形象的解说:"少年读书,如隙中窥月;中年读书,如庭中望月;老年读书,如台上玩月。皆以阅历之浅深为所得之浅深耳。"

书是一个人成长过程中的良性催化剂,书香袅袅的氛围是一个人成长的沃土。在当今科学技术日益发展,物质生活更加丰富的今天,我们不妨重新感悟一番古人挚爱读书的情怀,进而激发"为中华之崛起而读书"的激情,让读书真正成为我们的一种必需、一种常态、一种习惯,努力营造出一个全民阅读的"书香社会"。

一个民族不读书就没有创造力,不读书的民族注定是悲哀的民族。现在全国上下都在为实现"中国梦"而奋斗，所以我们更应该"为中华之崛起而读书"，相信终有一天我们会梦想成真。

曲折隐喻趣无穷

——中国古代诗词中的谜语文化

　　中华谜语历经数千年演变、发展，时至今日已日臻丰富、多样。有文字记载谜语的语言现象为"曲折隐喻"，最早见诸文字的可追溯自黄帝时代的《弹歌》一诗。到了春秋战国时代，这种谜语雏形已十分流行，并有了名称，当时称之为"瘦辞"和"隐语"。清朝中期以后，中华谜语进入成熟期，文义谜更是大行其道。除注重谜语扣合的严谨、崇尚以大众熟悉的成语或通俗句为谜面外，一个很重要的变化就是，谜语由原先的文字、事物、人名拓展到了诸子百家、四书五经，在极大地拓宽谜路的同时，也在谜语这种民俗文化中融入了部分"国学"的内容。以唐宋诗词为代表的古典文学作为国学的重要组成部分，诸多古诗词中均包含了谜语文化的内容。

以自然现象作为谜底的诗句

　　宋代政治家王安石，一日让他的好友王吉甫猜谜："画时圆，写时方,冬时短,夏时长。"王吉甫以谜破谜,吟道:"东西有条鱼,无头亦无尾,更除脊梁骨,便是你的谜。"王安石听了之后大笑,因为两人不谋而合,谜底都是"日"字。

唐代诗人李峤的五言绝句《风》是一首非常精巧的咏物谜语诗:

> 解落三秋叶,能开二月花。
> 过江千尺浪,入竹万竿斜。

小诗没有出现一个"风"字,但每一句里我们都能感受到风的存在。尤其是前两句涵盖了所有悲秋与怀春的诗句,吟诗之间人们不禁醒悟,这世上的悲伤与欢乐居然全与风联系起来了。三、四句中的"千尺""万竿"虽然略带夸张,但江面壮阔的波澜与竹海起伏的林涛遥相呼应,在诗人的笔下显得那样生动形象。

出自唐代香严闲禅师与李忱合作的那首《瀑布联句》,同样是一首经典的托物励志的谜语诗:

> 千岩万壑不辞劳,远看方知出处高。
> 溪涧岂能留得住,终归大海作波涛。

全诗未见"瀑布"两字,但气势磅礴的瀑布以极强的画面感呈现在了读者眼前,读来使人振奋,备受鼓舞。不仅如此,诗句还揭示了涓涓细流只有汇入大海才会永不干涸的哲学思想。小诗意境高远,思想深刻,堪称诗中杰作。

大诗人苏轼的《花影》,应该说也是一首谜语诗:

> 重重叠叠上瑶台,几度呼童扫不开。

刚被太阳收拾去，却叫明月送将来。

诗人借吟咏花影，抒发了自己想要有所作为，却又无可奈何的心情。小诗抓住了光与影的相互关系，着力表现了花影的动与静、来与去的变化，从而给人留下了想象的空间。

以社会现象为谜底的诗句

海南人伯畴是明代状元，能诗善文，人称"海南才子"。一天，他路过一家酒店，店老板热情相迎，客气有加，求伯畴给酒店写几句吉利话。伯畴应允，挥笔写了以下诗句：

一轮明月挂半天，淑女才子并蒂莲。
碧波池畔酉时会，细读诗书不用言。

老板不解，便问道："您给我写的这首诗管用吗？"伯畴答道："我这是字谜诗，其实就是四个字——有好酒卖。"老板一听，恍然大悟，连连道谢。果然，这四句诗贴出之后，酒店生意兴隆，顾客盈门。用现代商业经营模式的眼光来看，这实际上就是一个绝妙的广告运作。

宋代名士赵明诚，一次外出归家后闷闷不乐，父亲问其缘由，赵回答说梦中见一人对他言道：

言与司合，安上已脱。芝麻除草麻，芙蓉开新花。

赵父听后大笑，当即猜出儿子说的是"词女之夫"四个字。因为赵明诚认识女词人李清照，双方一见钟情，但在封建社会婚姻不自由，赵因未能娶李而终日不快,忧郁成病。而当赵父猜出上述四个字后,便应允了这门亲事。

明代诗人于谦的《石灰吟》亦可称得上是一首正气凛然的谜语诗:

千锤万凿出深山,烈火焚烧若等闲。
粉骨碎身浑不怕,要留清白在人间。

作为咏物诗,若只是事物客观现象的简单记录而不寄寓作者的主观情感,那就无多大意义。而这首诗的价值就在于作者把石灰的特质作为自己立身做人所追求的一种境界。由此极大地提升了这首谜语诗的思想品味。

以成语作为谜底的诗句

以成语作为谜底的诗句可谓不胜枚举,如:崔护《题都城南庄》中"桃花依旧笑春风"的诗句,可用"孤芳自赏"作为谜底;杜牧《江南春》中"千里莺啼绿映红"的佳句,又可以"有声有色"来注解;杜甫《春夜喜雨》中脍炙人口的名句"好雨知时节,当春乃发生",则预示了"风调雨顺"的好年景;王之涣《登鹳雀楼》中的千古绝句"欲穷千里目,更上一层楼",则是"高瞻远瞩"的诗意化描绘;李白《赠汪伦》中的"桃花潭水深千尺,不及汪伦送我情",用"无与伦比"概括则显得非常准确到位;出自李商隐《无题·相见时难别亦难》中"春蚕到死丝方尽,蜡炬成灰泪始干",凝练了"鞠躬尽瘁"的崇高境界;杜甫《茅屋为秋风所破歌》中的"卷我屋上三重茅",用"风吹草动"来比喻无疑非常形象;叶绍翁在《游园不值》中的名句"春色满园关不住,一枝红杏出墙来",说明了"独辟蹊径"的效

果;白居易《长恨歌》中"君王掩面救不得",是因为"爱莫能助";李白《将进酒》一诗中"高堂明镜悲白发",也只能是"顾影自怜"了。

　　盛唐时期最著名的边塞诗人岑参曾两次出塞,在新疆前后待了六年。在名为《逢入京使》的诗中写道:

　　　　故园东望路漫漫,两袖龙钟泪不干。

　　　　马上相逢无纸笔,凭君传语报平安。

　　这首诗近乎白话文,所表达的意思并不晦涩。东望回故乡的路遥遥没有尽头,想起故乡便情不自禁地流下伤心的泪水,衣袖都沾湿了。在马上与回京城的使者相逢,却没有纸和笔写封家书,就请你带个口信,说我在异域他乡一切都好。以"言而无信"这一成语作为此诗的谜底,无疑是再贴切不过了。

以动植物等为谜底的诗句

涉及这一类的谜语诗,我们不妨先从动物说起。明人唐寅的诗作《画鸡》,以轻柔的笔触,拟人化地将一只报晓的公鸡呈现在读者面前:

> 头上红冠不用裁,满身雪白走将来。
> 平生不敢轻言语,一叫千门万户开。

诗的前两句描写了雄鸡雄赳赳、气昂昂的姿态。第三句中"轻言语"三字,描写了雄鸡不轻易扰人的品格,实则是作者精神风貌的反映,最后一句则把"雄鸡一唱天下白"的意境完全表达了出来。小诗通俗易懂,妙趣横生。此外,唐人吴融笔下的诗句"翠翅红颈覆金衣,滩上双双去又归",写出了鸳鸯鸟美丽的羽毛和对爱情的忠贞。同样出自吴融的诗作"数声飘去和秋色,一字横来背晚晖",则把大雁伴随万里秋色迁徙飞翔的场面描绘得栩栩如生,呼之欲出。唐代来鹄的"雨恨花愁同此冤,啼时闻处正春繁",则形象地刻画出了春季杜鹃的形态特征。

说了有关动物的谜语诗词之后,不妨再来说说有关植物的诗词谜语。其中郑板桥的咏竹诗《竹石》,无疑是一首颇具代表性的杰作:

> 咬定青山不放松,立根原在破岩中。
> 千磨万击还坚劲,任尔东西南北风。

青山上的竹枝,立根在断裂的岩壁中,任凭东西南北风无情吹打,竹枝却能坚挺屹立,永不屈服。诗人以谜语诗的形式,托物言志,抒发情怀,具有积极的人生意义。那些"千磨万击"的摧残,在诗人眼里,都显得无足轻重,视若等闲。小诗宣示了作者坚定的人生理想和积极向上的生活态度,堪称一首充满正能量的正气歌。

此外,写各种花卉的谜语诗亦不在少数。唐人皮日休的诗句"落尽残红始吐芳,佳名唤作百花王",堪称牡丹的代名词;宋代诗人郑思肖《寒菊》中的"宁可枝头抱香死,何曾吹落北风中",把菊花凌寒傲霜的品格刻画得入木三分;陆游笔下的"重露湿香幽径晓,斜阳烘蕊小窗妍",则把桂花生长环境条件揭示得十分准确到位。

除了上述几个类型之外,王维的五言诗《画》,也不失为一首精妙的谜语诗:

> 远看山有色,近听水无声。
> 春去花还在,人来鸟不惊。

小诗把自然界的山水花鸟写入诗中,让读者看到了一幅原生态的水墨画卷。此外还有诸如"劝君更尽一杯酒"的谜底为《封神演义》中的人物——比干,"小荷才露尖尖角"的谜底是一商业用语——新开张,"此时无声胜有声"的谜底是一音乐符号——休止符,"柳暗花明又一村"的谜底则是河南的一个地名——新乡。

猜谜语不仅是一项健康向上的民俗文化、娱乐活动和智力游戏,更重要的意义在于引导人们重新认识、回归中华优秀传统文化。新的形势下,作为一种雅俗共赏、老少皆宜的智力娱乐形式,谜语文化的内容以及谜路一定会得到新的拓展,并焕发出更加夺目的时代光彩。

人生五伦孝为先

——中国古代诗词中的孝道文化

　　中华孝道文化是中国民间社会的人伦基石，是儒家伦理道德的核心之一。在中国传统文化中，孝道文化无疑是华夏民族、炎黄子孙精神层面最有代表性，也最具广泛性的道德操守了。鸦有反哺之义，羊知跪乳之恩。所以"百善孝为先，德以孝为根"一直是中华儿女奉行的行为准则，但凡有悖于这一道德准则的言行，历来是为世人所不齿的。故民间素有"忤逆不孝，天打雷劈"的说法。

　　被世人称为"万世师表"的孔子在两千多年前即曾曰："今之孝者，是谓能养。至于犬马，皆能有养，不敬，何以别乎？"这就是说，对待父母不仅仅是物质供养，关键是对父母要有爱心，没有这种爱，不仅谈不上对父母的孝敬，而且和饲养犬马没什么两样。孟子曾提出"不孝有三，无后为大"的理念。出自东汉《乐府诗集》中的"察孝廉，父别居"的诗句，就是对当时选拔的孝廉不赡养父母这一现象的辛辣讽刺。可见，中国的孝道文化源远流长，根深蒂固。

　　说到有关孝道的古诗词，人们最熟悉不过的还是唐代诗人孟郊的那首脍炙人口的《游子吟》：

> 慈母手中线，游子身上衣。
> 临行密密缝，意恐迟迟归。
> 谁言寸草心，报得三春晖。

诗的开篇通过一位母亲正在为远行的儿子缝补衣服这一画面，使人得见母子情深。次二句通过"密密缝"的动作，表达了老母唯恐游子"迟迟归"的忧虑。后两句运用巧妙的比喻、借代的手法作结：母爱恩深似海，是永远也报答不完的。这正如初生的小草，怎么能报答得了阳光的哺育之恩呢？"草心"代指"人心"，诗句既讴歌了春晖一般宽广无私的伟大母爱，又表达了小草一样的儿女孝敬父母的人间至情。由此，千百年间让人铭记吟哦。苏轼在《读孟郊诗二首》其二中说道："诗从肺腑出，出辄愁肺腑。"这种发自肺腑的真情就这样真切而细腻地呈现于读者眼前，并动人心弦，传唱不朽。

汉朝的蔡琰在《悲愤诗》中曰："感时念父母，哀叹无穷已。"诗句诉说了诗人身处匈奴的凄苦和思念亲人的哀伤，感伤时光的流失，不断地念及远方的父母，声声叹息也永无止息。唐代大诗人王维《九月九日忆山东兄弟》中"独在异乡为异客，每逢佳节倍思亲"的名句，以"独""异""倍"这三个字，大大加深了思亲这一主观感受的程度，尤其是"每逢佳节倍思亲"这一句，历来是国人重亲情、重孝道这一伦理道德的典型化、形象化概括。唐代王勃在《滕王阁序》中有一句是"舍簪笏于百龄，奉晨昏于万里"，意思是即使我一生都不再做官，也要到万里之外侍奉父母。"奉晨昏"就是"昏定晨省"，这在《礼记·曲礼上》中规定得十分具体："凡为人子之礼，冬温而夏清，昏定而晨省。"全句的意思是作为子女，冬夏要关心父母冷暖，早起要看望问候父母是否

安好，以此表达晚辈对长辈的尊重和孝敬。

　　早在西方的康乃馨成为母爱象征之前，我国古代就有专门用来表达对母亲孝意和敬重的花卉，而且它还有一个非常富有诗意的名字——忘忧草，即萱草。古时游子要远行时，总要在母亲居住的北房种植萱草，一方面表达游子孝母思亲的心情，另一方面，是让家中母亲见草如见人，以减轻对孩儿的思念之情。元代诗人王冕曾吟诗作赋，写过两首类似内容的诗词，一首为《墨萱图》：

　　　　灿灿萱草花，罗生北堂下。
　　　　南风吹其心，摇摇为谁吐？
　　　　慈母倚门情，游子行路苦。

　　另一首为《偶书》：

　　　　今朝风日好，堂前萱草花。

持杯为母寿,所喜无喧哗。

两首小诗均以感人的笔触表达了远行的游子对慈母的一片孝心。

清代著名诗人黄仲则的《别老母》堪称一首表达孝母之心的佳作,诗曰:

搴帷拜母河梁去,白发愁看泪眼枯。
惨惨柴门风雪夜,此时有子不如无。

诗的首句写作者因要远离家门,去河梁谋生,故把帷帐撩起,向年迈的老母辞别。次句写白发苍苍的母亲不由得老泪纵横,眼泪都哭干了。末了两句写了作者的内心感受,在这风雪之夜非但不能孝敬母亲,反而要离她远去。不禁令人兴叹:养子又有何用呢?倒不如没有啊……唐代大诗人韩愈笔下的"白头老母遮门啼,挽断袖衫留不止"的诗句同样写得真切感人,催人泪下。前后两首诗,有着异曲同工之妙。

清代另一文人蒋士铨的《岁暮到家》也是一首感人肺腑的诗作:

爱子心无尽,归家喜及辰。
寒衣针线密,家信墨痕新。
见面怜清瘦,呼儿问苦辛。
低徊愧人子,不敢叹风尘。

这首诗以朴实无华的语言和极具生活化的描写,刻画了远行的游子岁暮回家后的心理活动,也叙述了慈母孝子之间的情感,尤其是诗的最后两句写出了作者外出谋生,没有成就,未能尽到孝敬母亲的责任,愧见长辈的心态。但面对老母又不敢直率地诉说在外的风尘之苦。诗句所表达的情感细腻真切,感人至深。

古人对孝的诠释除了关爱奉养老人之外,还有一个重要的方面就是希望子女要成就一番事业。《孝经》云:

安身行道,扬名于世,孝之终也。

这就是说,子女事业有成,父母就会感到光荣自豪。而一生碌碌无为,一事无成,则也是对父母的不孝。千百年来,这一古训无疑也是众多成功人士成就事业的一种原动力。

"万爱千恩百苦,疼我孰知父母?"(明吕得胜)众多的古诗词道出了儿女对父母感恩戴德的拳拳之心。父母养育之恩大于天,重于山,广无边,割舍不断,绵延不绝。都说人生在世,其他事可以等一等,唯独尽孝是不能等的,否则就会留下"树欲静而风不止,子欲养而亲不待"的终生遗憾。

孝行是发自内心的温暖情感,如果每个人都能力行孝道,我们的社会就会呈现出"黄发垂髫,并怡然自乐"的和谐景象。

作为中华民族的优良美德,孝是爱国主义情怀的感情基础和道德基础,国是家的放大,忠是孝的延伸。从本质上讲,传统的孝道文化与当今社会主义的核心价值观是一脉相承、息息相通的,尤其在我们这样一个历来都十分崇尚传统文化精神的国度里,无论时代如何变迁,孝道文化永远不会过时。不仅不会过时,还必将历久弥新,放射出更加夺目的人性光辉。

师恩师爱重如山

——中国古代诗词中的尊师情怀

在中国和西方的文化传统里，教师都有着很高的社会地位，我们从自古至今的种种称谓上就不难看出人们对教师这一职业的尊崇与景仰。其中既有诸如"先生""夫子"这样的尊称，也有培育栋梁之材的"辛勤园丁""人类灵魂工程师"这样的高尚称呼，还有燃烧自己照亮别人的蜡烛、润物细无声的春雨等此类浪漫的比喻。总之，无论是何种称谓，人们对太阳底下这一最光辉的职业均充满着赞美之情。

中华民族历来有着尊师重教的优良传统。人们常说，师恩无垠。对于这一点，我们也可以从"各领风骚数百年"的中国古代诗词中，寻觅和感受到古人感恩和崇敬教师的炽热情怀。

"春蚕到死丝方尽，蜡炬成灰泪始干"，这是诗人李商隐《无题》一诗中的颔联。两句诗精美绝伦，极为经典。春蚕自缚，满腹情丝，生为尽吐。吐之既尽，命亦随亡。绛蜡自煎，一腔热泪，蒸而长流，身亦成烬。有此痴情苦意，几于九死未悔。此联原本是用来比喻男女之间的爱情至死不渝，成为一曲壮美的千古绝唱。但后来人们用它来赞美老师牺牲自己、成就他人的精神，无疑也是相当贴切的。正如《长大后我就成了你》这首歌中所唱的那样，一生辛勤奉献的老师"画出的是彩虹，洒下的是泪滴"。

"更到时来心不谨，终身何以报恩慈"，这是金道士丘处机《赠众道友》中的两句。教师恰如园丁，为了莘莘学子，倾尽一腔心血与毕生精力。所以，元代著名戏曲作家关汉卿曾以"一日为师，终身为父"来形容师生之间的特殊关系。师恩大于天，重如山，广无边，割舍不断。感念于此，便道出了"终身何以报恩"的由衷慨叹，把对老师感恩戴德的拳拳之心表达得真真切切。

白居易在《奉和令公绿野堂种花》诗中写道：

> 绿野堂开占物华，路人指道令公家。
> 令公桃李满天下，何用堂前更种花。

这首诗运用借代的修辞手法，以"桃李"指代学生。诗的意思是说，作为一个桃李满天下的教师，"得天下英才而育之"，占尽了万物精华，根本就无须再栽种鲜花了。学有所成的学子，就是教师人生中最美的装点，以此赞美老师培养的学生满天下而芳名远播。

"落红不是无情物，化作春泥更护花"，这是龚自珍《己亥杂诗》中的名句。意思是说，缤纷绚烂的落花绝不是无情无义地飘逝，为的是回归地母，化身成泥，反哺养育它生长的花枝。此种精神，与教师甘当绿叶扶红花、不求回报、一生付出的职业特征是高度契合的。是啊！老师用语言播种，用黑板耕耘，用心血滋润，把毕生精力奉献给了所挚爱的教育事业，滴滴汗水浇灌哺育了美丽绽放的花朵。

"采得百花成蜜后，为谁辛苦为谁甜"，是唐末诗人罗隐《蜂》中的诗句。本意是赞美辛勤劳作的蜜蜂，后被人们隐喻为教师无私奉献的

高尚品格。小蜜蜂辛苦一世,采花酿蜜,却不求索取,而肩负着传道授业解惑的教师任劳任怨,把收获的甜蜜留给他人,两者的精神境界无疑是极其相似的。

清人郑板桥一生爱竹,生前留下了不少有关竹的诗词,其中《新竹》一诗的意境颇能体现老师的风范:

> 新竹高于旧竹枝,全凭老干为扶持。
> 明年再有新生者,十丈龙孙绕凤池。

诗的前两句是说"长江后浪推前浪,世上新人赶旧人",但新生力量的成长是需要得到前辈的扶持与托举的。后两句是说"青出于蓝而胜于蓝",有前辈的扶持与关爱,新生力量必将更加强大。这首诗文辞奇绝,深刻隽永,寓意深长,比喻、象征等修辞手法的运用,使得老师甘愿当人梯、倾心育英才的师者形象呼之欲出,栩栩如生。

其实,笔者以为,对于师恩、师德的种种比喻之中,春雨无疑是最为贴切,也最为形象的。中国传统文化认为,最为崇高的人伦关系——"君、亲、师",就像春雨一样值得感戴。春雨博洒众施,膏泽万物,惠及苍生,化育生机,因而与师德、教化极其相似。教师默默奉献,如"德披春雨,教拂秋霜""杏坛化雨,程门春风""孔席之春风,周庠之化雨""坐春风,沾化雨"……这些赞美师恩、歌颂教化的经典之句,令人难以忘怀。"随风潜入夜,润物细无声",这是诗圣杜甫《春夜喜雨》中的名句。诗句描写了春夜降雨、润泽万物的自然情景,抒发了诗人内心的喜悦心情。教书育人犹如春雨滋润心田,不能大水漫灌,而必须施以春风化雨、润物无声式的滴灌。以春雨比喻师恩的古诗远不止上述一例,还有唐代王昌龄《西江寄越弟》中的"尧时恩泽如春雨,梦里相逢同入关"、宋代方岳《石孙受命》中的"圣泽如春雨露宽,弃遗犹不绝衣冠"、清代弘昼《圆明园泛舟恭记》中的"吾思圣恩周海内,如日月之无不照,如雨露之无不润"……大爱无言,大德无痕,诸多诗句均表达了人们对老师的尊崇与感戴。

"古之学者必有师。师者,所以传道授业解惑也""是故无贵无贱,无长无少,道之所存,师之所存也",此乃韩愈在唐德宗贞元十八年写下的《师说》中,对教师职业的解读与赞誉。今天读来,依然令人回味无穷。

"山高水长有时尽,唯我师恩日月长。"让我们徜徉在前人留下的诗句之中,以无比崇敬的心情,诗意般地感念师恩师爱,使得中华民族尊师重教的优良传统在全社会不断地传承下去,并使之更好地发扬光大。

几多乡思几多情

——中国古代诗词中的绵绵乡愁

　　思乡,是中国古代诗词中的一个重要而又恒久的话题,尤其是在通信和交通极不便利的古代,远离故乡的游子表达思念家乡和亲人的一个最深沉且最文化的方法,便是用诗词来抒发内心的乡愁。阅读唐宋诗词中篇篇思乡之作,常常会被古人乡思之真切、乡情之深厚、乡愁之浓郁的真挚情感所打动,所感染。

　　综观篇什众多的古诗词,笔者以为,表现思乡体裁的诗作不外乎有以下三个方面的类型。

羁旅他乡盼圆思乡梦

　　长期客居他乡,自然思心之切,古诗中反映类似题材的诗篇可谓不胜枚举。杜甫入蜀旅居他乡之后,所写的《绝句二首》其二,便是一篇思乡之作。诗人以优美的笔触,抒发了羁旅异乡的万千感慨:

　　江碧鸟逾白，山青花欲燃。

　　今春看又过，何日是归年？

　　"江碧鸟逾白，山青花欲燃"，这是一幅镶嵌在镜框里的风景画。濡饱墨于纸面，施浓彩于图中，有令人目迷神夺的魅力。君不见，江静波碧，水面成了一面碧玉打造的镜子。一只掠过江面的水鸟，露出那洁白的翅翎，像一束耀眼的白光，把这个午后的乡愁唤醒。江岸的山峦，青翠欲滴，山花就像燃烧的火焰，绚烂无比，一片红艳。两句诗状江、山、花、鸟四景，并分别敷碧绿、青葱、火红、洁白四色，景象格外清新，令人赏心悦目。

　　但诗人的旨意并不在此，紧接下去，笔路陡转，慨而叹之。"今春看又过，何日是归年"一句中，"看又过"三字直点写诗时节。春末夏初的景色不可谓不美，然而岁月荏苒，归期遥遥。怡人的风光，非但不能激发诗人的兴致，反而勾起了客居他乡的游子漂泊的感伤和思乡的愁绪。

　　《春夜洛城闻笛》是大诗人李白在夜深人静之时，因思乡难寐而生出的缱绻之情。小诗优美而又深沉：

　　谁家玉笛暗飞声，散入春风满洛城。

　　此夜曲中闻折柳，何人不起故园情。

　　一个春风骀荡的夜晚，万家灯火渐渐熄灭，白日的喧嚣已经平静下来。忽然传来清亮悠扬而又凄清婉转的笛声，笛声的曲调随着春风传遍了整个洛阳城。此时此刻，一个羁旅他乡的诗人还没有入睡，他倚窗伫立，仰望星空中的明月，耳听悠远的笛声，陷入了对故乡的深深思念之中。这首诗意境非常美，表现的是诗人闻笛之后的感受。不知名的吹笛人用声声笛音叩击着一位游子的心房,尤其那曲调正是古时代表着离别的《折杨柳》,这就更勾起了作者的思乡之情。诗的末句"何人不起故园情",好像是在说别人,说大家,但实际上,说的还是诗人自己。

除此,描写久别故里而思念家乡的古诗名句还有不少,如韦应物《闻雁》中"故园眇何处?归思方悠哉"、方干《思江南》中的"昨日草枯今日青,羁人又动故乡情"、范仲淹《渔家傲》中"浊酒一杯家万里,燕然未勒归无计"、马致远《天净沙·秋思》中的"夕阳西下,断肠人在天涯",以及纳兰性德《长相思》中"聒碎乡心梦不成,故园无此声"等诸多诗句,均从不同的角度把远离故乡游子的乡愁、乡思表现得细腻而深刻。

每逢佳节更添思乡情

中国的不少传统佳节,往往是家人团聚的日子,尤其是像春节、中秋这样的节日,更是合家团圆、亲人聚会的温馨时刻。而每每遇上这样的日子,远离家乡的游子无疑就会平添一份更加浓厚的思乡之情。古诗中有关佳节思亲的诗作实在不少,而其中出自王维《九月九日忆山东兄弟》中的"独在异乡为异客,每逢佳节倍思亲",无疑是表达这一情绪的格言式和标志式的警句。"独在异乡",暗写了孤独寂寞的环境,"异客"则更强调了游子在异乡举目无亲生疏清冷的感受。用"独"和"异"两个字组在一句诗里,大大加深了主观感受的程度。"每逢佳节倍思亲"是前面情绪的合理发展,说明平常已有思亲之苦,更何况是家家团圆的节日。在这里,一个"倍"字用得妙不可言,是联系上下两句情绪之间的关键。

除夕,是中国人最看重的一个节日,尤其是除夕之夜,更是家人团

聚的时刻。唐代诗人高适有一名曰《除夜作》的七言律诗,单看诗的题目,本应唤起人们对这个传统节日的很多欢乐的记忆和想象,然而该诗的除夕之夜却是另一番情景:

> 旅馆寒灯独不眠,客心何事转凄然?
> 故乡今夜思千里,霜鬓明朝又一年。

诗的开头就是"旅馆"二字,看似普普通通,却埋下伏笔,全诗的感情由此生发开来。在家家户户欢聚一堂的除夕之夜,自己却远离家人,身居客舍。触景生情,两相对照,不禁感伤万分。尤其是"寒灯"二字,渲染了旅馆的清冷与诗人内心的凄楚。此种情景下,"独不眠"则是很自然的了。第二句是一个转承的句子,诗人用提问的形式将思想感情更加明朗化,除夕夜万家灯火的热闹欢聚气氛,把自己包围在寒灯孤影的客舍之中,那孤寂凄然之感便油然而生了。读完前两句后,似乎感到诗人要倾吐他此刻的心绪了,可是下句却撇开自己,从作者对面写来,"故乡今夜思千里"中"故乡"是指家乡亲人,"千里"则指自己,意即故乡的亲人在这个除夕之夜定会想念着千里之外的我,想着我孤身一人如何度过除夕……其实,这如何不是"千里思故乡"的一种表现。最后一句说的是过了除夕,明朝又是一年。白发在这漫漫无边的思念之苦中,又悄悄地爬上了自己的鬓角。诗的精彩之处在于三、四句,把双方思之久、思之深、思之苦的情绪,集中地通过除夕之夜抒发出来了,诗的主题由此得到了完满的表现与诠释。

明人袁凯的诗作《客中除夕》则与上篇有着异曲同工之妙,诗人亦把除夕节日思乡的情感表达得淋漓尽致,真切感人:

> 今夕为何夕?他乡说故乡。

　　　　看人儿女大，为客岁年长。

　　　　戎马无休歇，关山正渺茫。

　　　　一杯柏叶酒，未敌泪千行。

　　首联从发问起始，今夜应该是怎样的夜晚啊？我竟然在他乡诉说着自己的故乡。颔联、颈联表达的是作者触景生情，引发了对家乡儿女牵挂、对长年征战的厌倦以及对收复疆土的忧虑。尾联则描写了作者在除夕之夜，面对家家团圆而自己却常年流落他乡的孤独处境，思乡之情不禁油然而生。如此这般，只有挥洒泪水，借酒消愁，以寄托浓浓思乡之情。其实，袁凯的这番急切的归乡情亦源于家人对他的牵挂，从诗人另一篇《京师得家书》里"江水三千里，家书十五行。行行无别语，只道早还乡"的诗句就不难看出，亲人之间的相互牵挂无疑是客居他乡的游子期盼早日回家的催化剂。正因为有绵长的思乡之苦，古人才会有"云中谁寄锦书来"的热切期盼，也才会生发"家书抵万金"的切肤之感。

　　在唐代，冬至是个重要的节日，朝廷里放假，民间互赠食品，人们都会穿上新衣，一切和元旦相似。这样一个佳节，自然也是一个家人团聚的日子。然而这一天不能回家与亲人欢聚的白居易，只能在客栈里用《邯郸冬至夜思家》表达了自己的绵绵乡思：

　　　　邯郸驿里逢冬至，抱膝灯前影伴身。

　　　　想得家中夜深坐，还应说着远行人。

　　诗的第一句叙客中度节，巧妙地植下了"思家"之根。第二句，诗人把自己在客店过节、"抱膝"枯坐、影子伴身的孤独场景，刻画得十分到位，其寂寞之感、思家之情，力透纸背，溢于言表。三、四两句，正面

　　写"思家"，这与杜甫的《月夜》相近。其感人之处在于，作者在思家之时想象出来的那幅情景，却是家里人如何想念自己。这个冬至节，由于自己离家远行，所以家里人一定也过得很不愉快。当自己抱膝灯前，夜不能寐的时刻，家里人大概同样也未入睡，坐在灯前，"说着远行人"吧！说了些什么呢？这就给读者留下了想象的广阔空间。想必每一个有过类似经历的人，都可以根据个人的生活体验，作出自己的回答。

遥寄明月传递思乡愁

　　在中国传统文化的语境中，明月历来被认为是母性的，而故乡也是母性的。所以，背井离乡之人，看到明月便会想到故乡，想到故乡便会想到母亲。由此可见，明月、故乡、母亲这三者之间，从来都是水乳交融般地连在一起的。唐诗人李冶有一首诗《明月夜留别》：

离人无语月无声，明月有光人有情。

别后相思人似月，云间水上到层城。

要说古代诗词中借明月抒发乡愁的诗句，其中最为经典的大概要数李白那首脍炙人口的《静夜思》：

床前明月光，疑是地上霜。

举头望明月，低头思故乡。

秋夜是分外明亮的，然而在诗人的笔下，月光又是清冷的。对孤身远客来说，最容易触动旅思秋怀，使人感到客况萧条，年华易逝。凝望着夜空中的一轮明月，也最容易使人产生遐想，想到熟悉的故乡，想到年迈的老母。想着想着，头渐渐地低了下去，完全沉浸于深深的思念之中。从"疑"到"举头"，从"举头"到"低头"，形象地揭示了诗人内心的活动，鲜明地勾勒出一幅生动鲜活的月夜思乡图。短短四句诗，写得清新朴素，凄婉动人。它的内容是单纯的，但同时却又是丰富的。它的文字表述近乎白话，却又蕴含着意味深长的意境。它的构思细腻深邃，却又脱口吟成，浑然无迹。这些都充分地表明了李白绝句的"自然"与"无意于工而无不工"的妙境。

唐诗咏月的篇什中，还有一首很著名的诗作就是王建的《十五夜望月寄杜郎中》：

中庭地白树栖鸦，冷露无声湿桂花。

今夜月明人尽望，不知秋思落谁家？

诗的首句描写的是月光照射在庭院之中，地上好像铺了一层霜雪,萧森的树荫里,鸦鹊的聒噪声逐渐消停下来。诗人写中庭月色,只用"地白"二字,却给人以积水空明、澄清素洁之感。"树栖鸦"三个字,简洁凝练,既写了栖树之鸦,又烘托了月夜的宁静。第二句描写的是,由于夜深,秋露打湿了庭院内的桂花,"无声"二字极为细腻地表现了露水浸润花朵的自然与轻盈,意境显得格外悠远。月儿如此皎洁、明亮,人们都在抬头仰望,只不知因望月而兴起的秋情乡思会落在哪一户人家?这后两句诗描写面对中秋明月,勾起了诗人无尽的思乡之情。一个"落"字为句中诗眼,诗人提炼文字的功力可谓不同凡响。"落"字用在这里,化静为动,生气充溢,诗的意境也因此而显得新颖隽永,思深情长,充满了艺术的张力。

古诗词中以一轮明月寄托乡愁的诗句还有不少,如杜甫《月夜忆舍弟》中的"露从今夜白,月是故乡明"、《月夜》中"今夜鄜州月,闺中只独看"、张九龄《望月怀远》诗中"海上生明月,天涯共此时"、王安石《泊船瓜洲》中"春风又绿江南岸,明月何时照我还"等诸多有关以明月寄托乡愁的诗词,无一例外地都表达出了真切炽热的故乡情结。

社会在变化,时代在发展,但绵绵乡愁、悠悠乡思永远不会消失和淡漠。因为有乡愁可记忆的人生,是有温度的,记得住乡愁的人生,是有诗意的。

乡愁,就是家国情怀,就是文脉延亘,就是精神归属。记得住乡愁,即有心安处。

道破真情是诗文

——中国古代诗词中的爱恨情愁

中国古代诗词中有许多描写爱恨情愁的名句，这些堪称千古绝唱且为后人广为传诵的佳句，好似大海里的珍珠、百花园中的奇葩，彰显了古人深邃的思想、炽热的情怀与浪漫且多愁的情感，尤其是其中一些篇什的语境及内涵，更是有着直击心灵的感染力和穿透力。我们不妨穿越时空走进古诗词中作者的心灵世界，以体味古人百转千回的那番多情、那番愁苦。

清代纳兰性德《木兰词·拟古决绝词柬友》中有一句诗：

> 人生若只如初见，何事秋风悲画扇。

这是全诗的首联。前一句"人生若只如初见"的大意是，如果人生的很多事，很多境遇，很多人，都还如初见的模样该多好呀！若只是初见，一切美好都不会遗失。很多时候，初见惊艳，蓦然回首，却已物是人非，沧海桑田。后一句"何事秋风悲画扇"用的是汉班婕妤被弃的典故。班婕妤曾为汉成帝之妃，后被赵飞燕与赵合德谗害，不得已退居冷宫。后有《怨歌行》，以秋扇为喻，抒发被弃之怨情。南朝梁刘孝绰《班婕妤怨》一诗又点明"妾身似秋扇"，后遂以秋扇喻女子被弃。这里是说本应相亲相爱，却成了今日的相离相弃。

纳兰性德的这句诗，极尽婉转伤感之韵味，短短几句胜过千言万语，人生种种不可言说的复杂滋味，都仿佛因这一句而涌上心头，让人感慨万千。

"人生若只如初见"，所有的惊鸿一瞥都会念念不忘地定格在一幅美好画面之中，一切都将保持在最初的好奇与新鲜状态之中。当初相互之间那种羞涩的欲言又止，像清晨的露珠晶莹剔透，又像一轮朝阳明亮灿烂。果真如此，之后又怎么会"悲画扇"呢？原来"流光容易把人抛""红了樱桃，绿了芭蕉"，概因光阴的魔力，华年不再，青春易逝。相看两不厌，却产生了审美疲劳，初见时人面桃花的惊艳，之后却成了物是人非的落寞。人生犹如一场盛筵，初见总是琳琅满目、热气蒸腾，之后则会残羹冷炙、酒冷茶凉。悲伤的，岂是这一席残宴，而是这似水年华。原来人生并非全然美好。

《庄子·内篇·大宗师》中说：

　　相濡以沫，不若相忘于江湖。

此句话的大意即泉水就要干涸了，两条鱼彼此用嘴里的唾沫湿润对方，比喻同在困难的处境里，彼此用微薄的力量互相帮助。但是，与其这样，何不如各自到大江大湖中去更自由。很多时候，我们谴责"大难临头各自飞"，但是从理智的角度来讲，与其两个人一起受苦，有时不妨放弃执着，以全新的自我迎接新的环境。曾经一些相濡以沫的感情或情愫，现在或是将来不能完好无缺地进行下去时，选择把这份感

情放在人潮江湖中，保留着回忆时应有的新鲜度，让它脱离现世的一切烦恼，永存于心。

《诗经·邶风·击鼓》中说：

　　　　执子之手，与子偕老。

这首诗原本是描写士兵久戍边关不能回家与亲人团聚的心情，现代成语已将其演绎成为"执手偕老"，以此形容爱情的永恒。就各种承诺而言，爱情的承诺应是最为浪漫，也是最动人心魄的，平凡而真挚的诺言最为感人。两千四百多年前的承诺至今在耳边回响，令人感慨岁月所难以磨灭的记忆与回答。其实，简简单单一句话，道尽了古往今来多少人的愿望。就像那句歌词："我能想到最浪漫的事，就是和你一起慢慢变老。"其实啊，人生在世，求什么呢？若有一个人，愿意与你生死相随，这一生，也就够了。

李煜在《虞美人》里这样感慨：

　　　　问君能有几多愁？恰似一江春水向东流。

试问你有多少愁与恨，这情愁啊正像一江春水，滔滔不绝，向东流去。愁和恨本是无形的情感，作者这里把它比作滔滔江水，便化为了具体鲜明的形象，令人可感可知。词人当时被幽禁于北宋，心中自是充满国破家亡的愁与恨，此刻通过这两句词把一腔愁恨抒发出来，如江水出峡，奔流不息，对读者心灵产生了极大的冲击。

他的另一首词《相见欢》这样写道：

　　　　剪不断，理还乱，是离愁。别是一般滋味在心头。

剪它剪不断,理它却更乱,离别之愁像是一把没有头绪的乱丝。品味其中滋味,又是一番说不出的味道。离愁千丝万缕地缠绕着词人的身心,令其难以解脱,确实哀婉至极。前三句分明是以乱丝为喻,但字面上偏偏不露"丝"字。后一句分明是形容内心之苦,但也不直接说出"苦"字。这几句词,把词人离乡去国的忧愁,表达得可谓淋漓尽致,入木三分。

唐代元稹在《离思五首》中写道:

> 曾经沧海难为水,除却巫山不是云。

此为元稹创作的七言绝句《离思五首》中的两句。诗人运用"索物以托情"的比兴手法,以精警的词句,赞美了夫妻之间的真挚爱情,抒写了诗人对亡妻韦丛忠贞不渝的情感和深深的思念。诗的原意为:已经见过茫茫大海的惊涛骇浪之水,那江河的波澜不惊之水就算不上是水了;见过巫山群峰之上的云彩,其他地方的云彩都黯然失色了。在诗人眼里,"沧海""巫山"是人世间至纯至美的化身,并进而隐喻他们夫妻之间的感情,犹如沧海之水和巫山之云,其两心相印、两情相悦的恩爱程度,是世间任何事物都无与伦比的。这两句诗用在现实生活中,是否对热恋中的情人给出启示:一个人不要期望过早遇见好男人、好女人,因为万一得不到他(她),你会一辈子都活在这句诗里。

唐代崔护《题都城南庄》里有这样一句诗:

> 人面不知何处去,桃花依旧笑春风。

整首诗描写了诗人故地重游,但伊人不在的场景。时间还是春光

烂漫、春风吹拂的季节,地点还是桃花掩映、花木扶疏的门户。风景依旧,但"人面"却不知去向何处。回想过去,温情盈怀;面对现实,无限惆怅。对往事的美好追忆,更激起了心中的忧伤和无奈,令人产生好景不长、好事难再的感慨。句中"依旧"二字深刻感人,充满了对往日情人的怀念,遗憾与失落之情溢于字里行间。崔护的这首七言绝句,以笑映悲,率真自然。"人面桃花"后被引为典故和成语,千百年来一直为世人所传诵。

宋代辛弃疾《青玉案·元夕》中有一句词:

众里寻他千百度,蓦然回首,那人却在灯火阑珊处。

在喧闹的人群中千百遍地来回寻找,也不见她的倩影。然而,不经意间的回头一瞥,她却站在灯火稀落的地方。这首词描写主人公在热闹的元宵灯节之夜,在欢乐的人群中寻找他所思念的女子,最后得以巧遇。其实,在现实生活中何尝不是如此。我们很多时候总会漫无边际地去寻找我们心中的目标,却总不见其踪影,蓦然回首,才发现目标其实一直就在我们的身边,离我们只有一个转身的距离。词的前半部分以满城火树银花、人群欢声笑语作为铺垫,以此反衬"灯火阑珊处"的美人,而这美人正是词人心目中理想的化身,寄托了词人不同流俗的情怀。

唐代李商隐在《锦瑟》中写道:

此情可待成追忆,只是当时已惘然。

这是一首朦胧诗,大意为:那一份逝去的恋情,只能留待日后成为永远的追忆;明知往日的欢乐时光不会再来,但每当想起过去的情景时,内心却总有诉说不尽的惆怅与迷惘。是啊!旧情难忘,犹可追忆,只是一切都恍如隔世了。一个"已"字,可怕至极。若非当初年少无知,何至于此!

宋代柳永《雨霖铃》中写道:

多情自古伤离别,更那堪冷落清秋节。

这两句写柳永离开汴京,与恋人惜别时的真情实感,表达得缠绵悱恻,凄婉动人。"多情自古伤离别"意谓伤离惜别,并不自我始,自古皆然。接以"更那堪冷落清秋节"一句,则极言当时冷落凄凉的秋季,离情更甚于常时。"更那堪"一句,以伤秋烘托伤别,并将感情从普遍性引回特殊性,画面充满了凄清的气氛。客情之冷落,风景之清幽,离愁之绵渺,完全浓缩在这画面中。总之,此两句词情景交融,以景会情,意致绵密,笔端传神,不愧为脍炙人口的千古名句。

宋代苏轼的《江城子》有这样一句词:

　　十年生死两茫茫,不思量,自难忘。

　　苏老夫子这三句词,单刀直入,概括性极强,感人至深。如果是活着分手,即使山遥水阔,世事茫茫,总有重新见面的希望和机会。而今彼此阴阳两隔,死者对人间世事早已茫然无知,而活着的对逝者呢,不也是同样吗?恩爱夫妻,撒手永诀,时光飞逝,转瞬十年,但过去美好的情景却"自难忘"啊!这几句词刻骨铭心地表达了作者失去爱侣之后的绝望心情。可见,即便是苏轼那样的豪迈男儿,面对着亡妻的坟墓,也只有感伤的份儿。

　　他的另一首词《定风波》中这样写道:

　　回首向来萧瑟处,归去,也无风雨也无晴。

　　回首刚刚经过的那烟雨迷茫的地方,一片萧条;归来时则是一片平静,既无所谓风雨,也无所谓天晴。这是饱含人生哲理意味的点睛之笔,道出了词人在大自然微妙变化的一瞬所获得的顿悟和启迪:自然界的阴晴既属寻常之事,那么社会生活中的政治风云、荣辱得失又何足挂齿?句中"萧瑟"二字,一语双关,既指自然界的风风雨雨,又暗指几乎置他于死地的政治"风雨"和人生险途。如此说来,人生一世,俯仰之间,多少爱恨情愁,多少荣辱得失,到头来亦不过是花开花落、云卷云舒而已,完全不必过分在意。

　　宋代李清照《如梦令》中有这样一句词:

　　知否,知否,应是绿肥红瘦。

　　词人酒醉之后,在风狂雨骤的夜里酣睡一觉醒来,忽然想起庭院内的海棠花历经风雨摧残之后不知成了什么样子,便问及身边的使女,使女漫不经心地回答了一句。于是作者带着不满的口气说:"知否,知否,应是绿肥红瘦。"意即知道不知道,这可是绿叶正多、红花将残的时候。词人所表达的伤春之情呼之欲出,跃然纸上。

她的另一首词《一剪梅》中说:

此情无计可消除,才下眉头,却上心头。

这三句词颇为通俗:此种无法排解的相思离愁,刚刚从我的微蹙的眉头消失,又立刻在我心中缠绕。范仲淹曾有"都来此事,眉间心上,无计相回避"句。可见,"此情无计可消除"是从范仲淹的上述三句点化而来,且胜过了原句,故此词作历来为世人所称道。"才下眉头",指眉头紧皱,流露出一种相思的痛苦之情,这情绪刚刚被压抑下去,"却上心头",即又转移到了心上。"才下""却上"对仗而又紧承,而且程度在加重。这几句围绕一个"情"字,由远及近,由浅入深,由轻到重,将作者的情绪变化刻画得形象生动,真挚感人,足见词人拈重如轻的文字功力。

岁月荏苒,时光流逝,千百年来沧海桑田巨变。然而古人在众多古诗词中所表达出的缠绵而坚忍、浪漫又富哲理的思想情感,却依然那样强烈地叩击、震撼着人们的心灵,这或许正是中华古代诗文这一世界级文化瑰宝的魅力所在吧!

自古诗家爱田园
——中国古代诗词中的田园风情

　　田园诗，是中国古代诗词中的一个重要流派。不同朝代的文人墨客，以广阔丰饶的田野、乡风淳朴的农家以及辛勤劳作的农夫为吟咏对象。描绘出一幅幅自然生态的清新画卷，表达了人们对宁静恬淡生活的向往。

风光旖旎的田园牧歌景色

　　说到古诗中的田园风光，不得不提到中国田园诗派的开山祖——东晋诗人陶渊明。他的田园诗别开生面、清新自然，且有无尽的神韵。其中最为著名的莫过于"采菊东篱下，悠然见南山。山气日夕佳，飞鸟相与还"（《饮酒》）的诗句。这传诵千古的佳句，像一幅在南山映衬下的薄暮美景，在诗人的会心感受下呈现在眼前，千百年来一直为后人赞赏和推崇。同样擅长田园诗写作的盛唐诗人王维《积雨辋川庄作》中"漠漠水田飞白鹭，阴阴夏木啭黄鹂"的诗句,恰似一幅色彩鲜明、诗意浓郁的田野风景图画:广袤的水田,飞翔的白鹭,浓荫的树木,鸣唱的黄鹂,在诗人生花妙笔的组合下,产生出一种动静结合、声画并茂的视听效果。北宋词人辛弃疾《鹧鸪天》中"平冈细草鸣黄犊,斜日寒林点暮鸦"的诗句,以其细腻的笔触为我们描绘了一幅生机盎然的江南农村田园风光:在柔嫩的青草地上欢叫的牛犊,在夕阳中归林的乌鸦。词中景色井然有致,清新明丽,充满乡野泥土的气息,表现了词人对农村的淳朴情感和深深爱恋。清人袁枚《所见》中"牧童骑黄牛,歌声振林樾"的诗句,表现了农家孩童质朴自然、悠闲自在、无拘无束的天性。

风情浓郁的乡村农家院落

陶渊明在《归园田居》组诗第一首里,形象地描绘了乡村院落的民俗风情:

> 方宅十余亩,草屋八九间。
> 榆柳荫后檐,桃李罗堂前。
> 暧暧远人村,依依墟里烟。
> 狗吠深巷中,鸡鸣桑树颠。

这些随手拈来的佳句尽管作于千年之前,却依旧能够唤起我们对儿时乡愁乡情的记忆。王维在开元后期诗作《渭川田家》中亦有此类描述:

> 斜光照墟落,穷巷牛羊归。
> 野老念牧童,倚杖候荆扉。

温润的夕阳照在渭水岸畔的村落上，小巷里是缓缓而归的牛羊。倚靠在柴门边上的老人眺望着远方，热切地等待着还未归来的牧童。晚唐诗人王驾《社日》中的"鹅湖山下稻粱肥，豚栅鸡栖半掩扉"，更是形象生动地描绘出农村五谷丰登、六畜兴旺的景象。作者从村外稻谷丰收在望的景象渐次移笔至村内农家院落中的猪圈鸡窝，尤其是农户"半掩扉"这个细节刻画得很有表现力，写出了当时农村民风淳朴、农家夜不闭户的太平安宁之境。元代诗人张翥在《半村为傅处士赋》的诗中以"两岸花阴连第宅，一川草色散鸡豚"的描述，向人们展现了农家养殖家禽牲畜的场景。诗圣杜甫笔下的"舍南舍北皆春水，但见群鸥日日来"，则让读者领略到水乡江南人家的独特韵味。

躬耕桑麻的辛勤生产劳作

说到农民躬耕劳作的艰辛与不易，人们自然会想到李绅那首脍炙人口的《悯农》（其一）：

> 锄禾日当午，汗滴禾下土。
> 谁知盘中餐，粒粒皆辛苦。

这首小诗所表达的思想内容力透纸背，极具严肃的教育意义。而《悯农》（其二）中"春种一粒粟，秋收万颗子"的夸张描述，又表现了收成的丰硕和劳动的欢乐。陶渊明《归园田居》中的"晨兴理荒秽，带月荷锄归"写出了诗人日出而作、日落而息的辛勤劳作，人们仿佛从中看到了作者在经历一天辛劳、月出山冈之后扛着锄头、哼着诗句漫步归家的情景。诗中"带月"可谓神来之笔，它变辛苦为欢快，化困倦为轻

松,具有点染之功。宋人翁卷在《乡村四月》中"乡村四月闲人少,才了蚕桑又插田"的诗句,描述了江南初夏时节的繁忙农事,表现了农家在一片紧张忙碌之中所保持的一种从容淡定的气度。宋代虞似良在《横溪堂春晓》中写道:

> 一把青秧趁手青,轻烟漠漠雨冥冥。
> 东风染尽三千顷,白鹭飞来无处停。

　　诗句情景式的描述,展现了插秧季节烟雨迷蒙、秧苗旺盛的水田风光。其中"三千顷"与其说是"东风染尽",不如说是农民勤劳灵巧的双手把大地染成了一片绿色。唐朝布袋和尚也有一首反映农村插秧情景的诗句:

> 手把青秧插满田,低头便见水中天。
> 心地清净方为道,退步原来是向前。

　　这首诗写得生动活泼,反映了作者对农家生产劳作有着深刻细微的了解。"低头便见水中天"比喻的是稻田的水面宛如一面镜子,映照着蓝天白云。"退步原来是向前"更是充满了劳动的情趣,极富生活的哲理。

　　前述王维《渭川田家》中写道:

> 雉雏麦苗秀,蚕眠桑叶稀。
> 田夫荷锄至,相见语依依。

　　诗句恰似一幅白描:雉鸡鸣叫麦儿即将抽穗,桑林里的桑叶已所剩无几,蚕儿开始吐丝作茧。田野上,农夫们三三两两,扛着锄头劳作归来,在田间小道上偶然相遇,亲切絮语,乐而忘归。这首诗形象生动地再现了当时乡村种桑养蚕的农耕生活。正是因为有了一年四季辛勤的耕耘,家家户户才有了"稻花香里说丰年"的喜悦和"丰年留客足鸡豚"的富足。

情趣盎然的农家闲适生活

唐朝大诗人孟浩然的《过故人庄》,就是一首具有代表性的描写农家生活的诗作:

> 故人具鸡黍,邀我至田家。
> 绿树村边合,青山郭外斜。
> 开轩面场圃,把酒话桑麻。
> 待到重阳日,还来就菊花。

在暖融融的阳光下,主人和客人临窗而坐,桌子上有主人特意准备的丰盛饭菜,窗外是青山绿树以及农家的场院……主客一边举杯畅饮,一边交谈农事,真可谓"相见无杂言,但道桑麻长",农家闲适的生活场景跃然纸上。王驾笔下的"桑柘影斜春社散,家家扶得醉人归",同样把农家丰收之后观戏饮酒、富足闲适的生活描摹得活灵活现。杨万里《闲居初夏午睡起》看似平淡无奇,读来却句句有味,引人遐思无限:

> 梅子流酸溅齿牙,芭蕉分绿上窗纱。
> 日长睡起无情思,闲看儿童捉柳花。

　　吃罢酸涩的梅子,牙齿上还残留着丝丝酸味。夏日午睡醒来,还有几分慵懒,无事闲暇之中,看着孩童们捕捉飘来飘去的柳絮。小诗描写了初夏时节一个十分鲜活的画面。小诗中的闲情逸致妙趣横生,引人遐思无限,从而使得平凡的生活多了几分情趣,也使田园诗展现了新的意境。苏轼笔下的"麻叶层层苘叶光,谁家煮茧一村香""村南村北响缫车,牛衣古柳卖黄瓜",均以清新朴实的文风记录下农家生活的点点滴滴,表现了诗作者细致入微的观察力和表现力。

　　吟诵着这些散发出泥土芬芳的千古诗篇,我们的眼前不时地浮现出农耕时代那小小村落、袅袅炊烟的原生态风情,也唤起镌刻在人们记忆深处的绵绵"乡愁"。

　　在当今全社会大力倡导生态文明理念、推进美丽乡村建设的今天,重新感受一番古代诗词中的田园农耕风情,这对于我们继承保护农村的传统文化特色,留住正在逐渐消失的美丽"乡愁",进而保持和追求一种恬淡宁静的生活状态,无疑是一件十分有益的事情。

正是江南好风景

——中国古代诗词中的江南风情

　　江南的风情,用一个字概括就是"美"。在绝大多数人的心目中,江南就是美丽的代名词。人们的这种认知,在交通和信息还极不发达的过去,多半来自文学作品,尤其是唐诗宋词。

　　说到江南,从字面上理解应该是长江以南的广大地区。但由于历史的局限、经历的不同以及认识的差异等,历朝历代的官员和文人对江南地域的定义、划分各不相同。除了地理意义上的江南之外,还有生活习俗意义上的江南以及人文精神意义上的江南。但无论如何定义,文化意义上的江南应该是核心所在,其地域范围无疑是指浙江、苏南一带。

　　如此说来,美景江南具有代表性的城市,恐怕怎么也绕不开苏杭。难怪自古以来就有"上有天堂,下有苏杭"的说法,古代诗词中有不少描写苏杭如梦如幻景致的篇什。白居易在苏州、杭州都做过刺史,为官一任,钟情一方。他在不少诗词中对苏杭一带有过诸多唯美的描写,其中《忆江南·江南好》写得最为出彩:

　　江南好,风景旧曾谙。日出江花红胜火,春来江水绿如蓝,能
不忆江南?

　　这首词充分表达了诗人对江南美景的深情回忆和无限眷恋。词
中以"江花"与"江水"的两种色彩,把个风情万种的江南景致描摹得
美不胜收。明初诗人刘基在他的《题玉涧和尚西湖图》诗中,以"大江
之南风景殊,杭州西湖天下无"的诗句赞美了西湖景色为天下第一美
景。苏东坡在《饮湖上初晴后雨》中写道:

　　　　水光潋滟晴方好,山色空蒙雨亦奇。
　　　　欲把西湖比西子,淡妆浓抹总相宜。

　　诗词把西湖亦晴亦雨的景致描绘得美妙无比。在善于发现美的
诗人眼里,"晴方好""雨亦奇"虽然是两种截然不同的自然现象,但都
展现了西湖又"好"又"奇"的美丽景致,诗的后两句比喻别具匠心、巧
妙贴切。西湖、西施同属吴越之地,两者一样具有风姿绰约的阴柔之
美。正因为东坡先生的比喻,之后"西子湖"也就成了西湖的别称。
　　说到苏州,我们不妨去领略一番晚唐诗人杜荀鹤对苏州水城的描
述:

　　　　君到姑苏见,人家尽枕河。
　　　　古宫闲地少,水巷小桥多。

　　小诗尽显姑苏城"小桥流水人家"的特有风情。走进古城巷陌,那
一道道小河,一座座石拱桥,桥下一处处浣衣古埠,都形成了玲珑别致

的江南风情。

白居易笔下的苏州同样别有一番风韵："处处楼前飘管吹，家家门外泊舟航""绿浪东西南北水，红栏三百九十桥"。诗句有声有色、栩栩如生的叙述，把江南桥与水这一典型特征描绘得如诗如画、浑然天成。古城逐水而居这一特殊的建筑形态，使人们看到了"岸上一个苏州，水中一个苏州，两个苏州一样风流"的江南韵味。

要说江南风情美，当然首先还是美在自然风光上。诗人杜牧在《江南春》中以唯美的文字写道：

千里莺啼绿映红，水村山郭酒旗风。

南朝四百八十寺，多少楼台烟雨中。

诗的前两句描绘了江南大地草长莺飞、绿树红花、傍水村落、依山城郭、惠风和畅、酒旗飘拂的秀美且富庶的自然和人文景观。后两句宛若一幅淡雅的水墨画卷呈现在读者眼前，南朝时期修建的座座寺院，被笼罩在一片雨雾之中，若隐若现，云烟氤氲，给人留下了一种深沉而悠长、飘逸而朦胧的梦幻美，同时也激起了人们绵绵的思绪。都说江南的雨是有灵性的，那细如丝、密如织、"润如酥"的形态像从历史的深处飘落下来，大有一种"烟雨暗千家"（苏轼《望江南》）的意境。

水是江南流动的梦，山是江南凝固的画。说到江南的美景，则无论如何离不开江南的山与水。正如一首歌里所唱的那样："太湖美，太湖美，美就美在太湖水……"历代文人赞美江南山水的诗篇可谓不少，其中既有"春水碧于天，画船听雨眠"（韦庄《菩萨蛮》）的恬静与闲适，也有"水是眼波横，山是眉峰聚"（王观《卜算子·送鲍浩然之浙东》）的新奇比喻；既有"山如碧浪翻江去，水似青天照眼明"（王安石《泊姚江》）的气势辽阔之美，还有"青山隐隐水迢迢，秋尽江南草未凋"（杜

牧《寄扬州韩绰判官》)的晚秋萧瑟之美。祖籍为江西临川的明代著名
戏曲家汤显祖,曾在《寄嘉兴马乐二丈兼怀陆五台太宰》一诗中写道:

> 烟雨楼前烟雨迷,莺逗湖边莺逗啼。
> 但取风光足留赏,越西还胜大江西。

　　诗中提及的烟雨楼在嘉兴,莺逗湖在苏州,越西则泛指江浙一带。
国人历来都有"谁不说咱家乡好"的本能习惯,而诗人偏偏认为他乡胜
过自己家乡,足见作者已为苏浙一带的江南风光所深深折服。
　　江南美,不仅美在自然风光上,而且还体现在人文美上。一方水
土养一方人,江南柔情的自然山水孕育了妩媚动人的江南女子。清人
吴雯曾在《古意柬徐胜力》诗中赞誉:

> 美人艳南国,颜色如朝霞。
> 昨来耶溪上,妒杀芙蓉花。

大诗人李白也多有诗句赞美,一首是《古风》中的诗句:"美人出南国,灼灼芙蓉姿。"另一首是《越女词》:

> 耶溪采莲女,见客棹歌回。
> 笑入荷花去,佯羞不出来。

其中的"笑入""佯羞",把江南采莲女清纯娇羞的性格刻画得惟妙惟肖。其实,江南女子不仅有眉清目秀、娇小玲珑的外在美,更重要的是有温柔细腻、婉约多情的内在美。有人说,江南的女子是水做成的。乍听此话有些费解,但你只要听一听作为江南文化载体的苏州评弹和当地方言吴侬软语,或许自然就能明白这句话的含义了。

总之,江南的人文地理、风物天候、民风习俗,都无一例外地充盈着饱满的诗情。天生丽质、富庶秀美的"江南",已不仅仅是一个区域范围意义上的地理名称,而早已经成为华夏文明史册中一个饱含着深厚底蕴的文化符号,是历代文人学者向往的精神栖息之地,这或许才是千百年来江南之所以能够成为古代文人墨客笔下割舍不断意象的根本原因。

悲喜皆从节中来
——中国古代诗词中的节日文化

　　中华传统文化博大精深，丰富多样，异彩纷呈。节日文化便是其中之一，诸如春节、元宵、清明、寒食、端午、七夕、中秋、重阳、冬至、腊八等。对于这些浸润、涵养着中华文化精髓的传统节日，古诗文中多有记载和描写，由此使得这些节日平添了许多诗情画意。

　　中国传统的节日中，春节是一年之中最重要的一个节日。古代描写这一节日的代表性诗作，大概要属王安石的《元日》：

　　　　爆竹声中一岁除，春风送暖入屠苏。
　　　　千门万户曈曈日，总把新桃换旧符。

　　诗的前两句描写人们在阵阵鞭炮声中辞旧迎新，迎着和煦的春风开怀畅饮屠苏酒；后两句反映的是旭日东升、光明灿烂的早晨，千家万户用新桃符换下了旧桃符。全诗不仅渲染了春节热闹的气氛，同时也寄寓深刻地表明了诗人政治上除旧布新的意愿和决心。古诗中写春节的不在少数,但没有一首能比得上王安石的《元日》影响大、传播广。这首诗虽然只有短短四句,但简洁又不失完美,凡俗却又尽显喜庆,使人感受到了听觉、嗅觉、视觉、触觉的全面冲击,其欢娱热闹的气氛洋溢到了纸面以外。

元宵节是紧随春节之后的一个节日,古时元宵又称上元节或灯节。唐代诗人苏味道的《正月十五夜》描述的就是元宵节灯火辉煌的夜景:

> 火树银花合,星桥铁锁开。
> 暗尘随马去,明月逐人来。

南宋爱国词人辛弃疾的《青玉案·元夕》一词,大概也称得上是描写元宵节庆气氛的佳篇名作。作者笔下"东风夜放花千树。更吹落、星如雨"的词句,把"花树"写成固定的灯彩,把"星雨"写成流动的烟火,诗词描绘出节日流光溢彩的夜景:东风还未催开百花,却先吹放了元宵节的火树银花,不但吹开了地上的灯花,而且还从天上吹落了如雨的彩星。作品以极富现场感的语言,将读者带入节日喜庆热闹的氛围之中。

清明是唯一与农时节律"二十四节气"相吻合的节日,也是一个追忆和祭奠先人的日子,《左传》一书中就有"国之大事,在祀与戎"的说法。在古人看来,祭祀的重要性甚至可与国防和军事这样的大事相提并论。所以,中国古诗文中写清明的篇什着实为数不少,犹如繁花耀眼。而众多有关清明的诗篇中,笔者以为,颇具代表性的作品无疑是出自唐朝诗人杜牧的那首《清明》:

> 清明时节雨纷纷,路上行人欲断魂。

借问酒家何处有？牧童遥指杏花村。

　　这首清新隽永的诗不用典故，也无华丽的辞藻，而是以白描的手法和朴素的语言，写出清明时节的气候特征和人们缅怀祭祀故人的心情。白居易的《寒食野望吟》一诗，同样也写得悲恸不已：

乌啼鹊噪昏乔木，清明寒食谁家哭？
风吹旷野纸钱飞，古墓垒垒春草绿。
棠梨花映白杨树，尽是死生别离处。
冥冥重泉哭不闻，萧萧暮雨人归去。

　　宋代诗人高菊磵也有诗曰：

南北山头多墓田，清明祭扫各纷然。
纸灰飞作白蝴蝶，泪血染成红杜鹃。
日落狐狸眠冢上，夜归儿女笑灯前。
人生有酒须当醉，一滴何曾到九泉！

　　读完这首诗，亦让人不禁悲从中来。宋代另一诗家吴惟信的《苏堤清明即事》则一反常态地走出"魂断最是春来日，一齐弹泪过清明"的悲切气氛，而是兴致盎然地描述了作者踏青赏春的愉悦心境。诗曰：

梨花风起正清明，游子寻春半出城。
日暮笙歌收拾去，万株杨柳属流莺。

北宋文学家王禹偁的《清明》诗,亦可算是咏清明诗中的另类:

> 无花无酒过清明,兴味萧然似野僧。
> 昨日邻家乞新火,晓窗分与读书灯。

作者在诗中没有写踏青探春、怀古祭祖的心境,而是一反常态地描写了诗人寂寞清苦的生活和不同流俗的追求。

清人郑板桥描写清明的小诗言简意赅:

> 小楼忽洒夜窗声。卧听潇潇还淅淅,湿了清明。

一个"湿"字,将清明前后多雨阴湿的天气特征,表现得淋漓尽致。诸多古代诗人笔下的清明,亦悲亦喜,亦诗亦画,亦人亦物,各种各样的情感尽在其中。

与清明节有着密切关联的是寒食节。寒食节一般在冬至后一百零五天、清明前的一二日,是日要禁烟火、吃冷食。这一节日是春秋时期晋文公为纪念曾辅佐他的介子推而设立的,至今已延续两千六百余年。唐代诗人卢象的《寒食》一诗,阐明了这一节气的来历:

> 子推言避世,山火遂焚身。
> 四海同寒食,千秋为一人。

另一唐代诗人韩翃《寒食》中的名句"春城无处不飞花,寒食东风御柳斜",则展示了寒食节长安的迷人风光。这两句诗剪取暮春时节风拂"御柳"的一个镜头,由此把寒食节折柳插门的习俗间接地表现出来。自唐代之后,寒食、清明两节便合二为一了。

端午节在中国也是一个十分隆重的节日,曾先后入选国家和世界非物质文化遗产名录。该节日原是夏季一个驱除瘟疫的节日,后因楚国诗人屈原在端午这一天投江殉国,从此端午又成为纪念屈原的节日。唐代诗人文秀有《端午》一诗为证:

节分端午自谁言? 万古传闻为屈原。
堪笑楚江空渺渺,不能洗得直臣冤。

在民间,端午节最普及、最广泛的传统习俗莫过于吃粽子了。从古诗词中我们不难看出,古人笔下的粽子花样繁多。唐代著名诗人元稹的"绿粽新菱实,金丸小木奴",可见他对那种小如初生绿菱的"迷你"粽子情有独钟。苏东坡的口味有所不同,"不独盘中见卢橘,时于粽里得杨梅",说明他对杨梅粽子赞许有加。而清代诗人林苏门则喜爱火腿粽子,这也有诗为证:

一串穿成粽,名传角黍通。
豚蒸和粳米,白腻透纤红。
细箬轻轻裹,浓香粒粒融。
兰江腌醋贵,知味易牙同。

在我国的农历七月初七,人们俗称"七夕节",因为与牛郎织女的故事有关,所以这个传统节日颇具浪漫色彩,由此也被称为中国的"情人节"。有关七夕的古诗不胜枚举,较有代表性的作品之一当属五代后唐时期杨璞的诗作《七夕》:

未会牵牛意若何? 须邀织女弄金梭。

年年乞与人间巧，不道人间巧已多。

杜牧的七言绝句《秋夕》，亦堪称为此类诗文中的上乘之作：

银烛秋光冷画屏，轻罗小扇扑流萤。
天阶夜色凉如水，坐看牵牛织女星。

这首诗写得形静而神动，表现了对爱情的向往。全诗没有一句抒情的话，但宫女哀怨与期待相互交织的复杂感情见于言外，从一个侧面反映了封建时代妇女的悲惨命运。白居易的《七夕》：

烟霄微月澹长空，银汉秋期万古同。
几许欢情与离恨，年年并在此宵中。

诗的意思是，抬头仰望空中那一轮明月和浩瀚星空，回想千年的历史，秋日七夕之夜都是相同的。牛郎织女相见的欢娱和离别的怨恨，每年都在此时此刻。宋朝著名词人秦观的《鹊桥仙》也是描写七夕的名篇：

纤云弄巧，飞星传恨，银汉迢迢暗度。金风玉露一相逢，便胜却人间无数。　柔情似水，佳期如梦，忍顾鹊桥归路！两情若是久长时，又岂在朝朝暮暮！

这首词看似描写的是天上景象，实际是词人七夕仰观星空的所思所想，特别是词的最后两句，不落俗套，立意很高。时至今日，依然为人们所引用。

中秋是一个天上月圆、人间团圆的节日,当属一年之中又一重要的传统节日。因而,千百年来历代文人墨客的咏月诗大都与思乡怀古有关。苏轼《水调歌头》中"明月几时有?把酒问青天"的词句,是作者大醉之后的高声纵情。中秋之夜,为怀念远在他乡的弟弟,苏轼以童稚的率真和赤诚表达对美好生活的追求和对亲人的思念。在幻想与现实之间,推出一轮人世间同享共照的朗月:"但愿人长久,千里共婵娟。"充满暖意的词句,让本是清冷的月光显得浪漫而又温馨。唐代诗人王建的《十五夜望月寄杜郎中》,也是唐诗中众多咏中秋篇什中的佳作:

中庭地白树栖鸦,冷露无声湿桂花。

今夜月明人尽望,不知秋思落谁家?

诗人先以中秋夜晚的环境衬托节令,渲染了深沉凄清的意境氛围。夜深露重,月光的清辉泼洒了一地,白得宛如霜雪的清冷,让人忧伤。此时四周一片寂静,秋露打湿了庭院中正在开放的桂花。然而,桂花不是在开放,而是在望月流泪。月明似白昼的中秋夜,家家户户都在抬头望月,各自心中有着各自的悲欢离合。而此时的诗人,却强忍着心中哀凉悲苦的情意,用带着疑问口气的"不知秋思落谁家"发问。这一句,含蓄深情,成为流传至今的千古名句。

唐代诗人杜甫的《八月十五夜月》,采用虚实结合、借景抒情的手法,表现了作者思念家乡、怀念亲人的内心感情:

> 满月飞明镜,归心折大刀。
> 转蓬行地远,攀桂仰天高。
> 水路疑霜雪,林栖见羽毛。
> 此时瞻白兔,直欲数秋毫。

每年的农历九月初九重阳节,民间在这一天有登高习俗,故又称之为登高节。杜甫的《九日》诗曰:

> 重阳独酌杯中酒,抱病起登江上台。
> 竹叶于人既无分,菊花从此不须开。

诗人借助重阳登高、饮酒赏菊,因花生情,表达了思亲念乡、忧国忧民的情怀。此外,杜牧的"尘世难逢开口笑,菊花须插满头归"、王维的"遥知兄弟登高处,遍插茱萸少一人"、孟浩然的"待到重阳日,还来就菊花""何当载酒来,共醉重阳节"等,都是描写重阳节的经典名句。

冬至在唐朝是一个重要的节日。这一天,朝廷要放假,民间则更为热闹,百姓要穿新衣,彼此间互赠食物,互致问候,一派过节的喜庆景象。正是在这样的喜庆佳日,离家远行的白居易在《邯郸冬至夜思家》诗中，表达了"邯郸驿里逢冬至，抱膝灯前影伴身"的思乡之情，字里行间流露着"每逢佳节倍思亲"的浓浓乡愁，诗境真挚动人。杜甫《小至》中"天时人事日相催，冬至阳生春又来"和元人赵孟頫《题耕织图二十四首奉懿旨撰》中"冬至阳来复，草木潜滋萌"的诗句，表达的都是诗人盼望冬去春来、春回大地的心情。

农历十二月初八是腊八节，这一天是古人冬季祭祀的日子。腊八又称为腊日。大诗人杜甫在《腊日》诗中写道：

> 腊日常年暖尚遥，今年腊日冻全消。
> 侵陵雪色还萱草，漏泄春光有柳条。

诗句表达了诗人对柳枝发芽、春意萌发、气候回暖的自然景象的由衷欣喜。

腊八是一年之中最后一个传统节日，民间有煮食腊八粥的习俗。对此宋人陆游在《十二月八日步至西村》的诗中写道："腊月风和意已春，时因散策过吾邻……今朝佛粥交相馈，更觉江村节物新。"小诗写出了隆冬腊月之中透露出的春意，也描述了人们互赠腊八粥的热闹场景，读后顿觉清新气息扑面而来。

中国传统节日有着深厚的文化内涵和不可忽视的历史价值。新的历史时期，继承发扬蕴含在诸多节日之中的中华文明优良传统，对于培育国人高尚的道德情怀、营造良好的社会风尚乃至推动社会主义文化大繁荣大发展都具有十分重要的意义。

春秋冬夏四季歌
——中国古代诗词中的时令节气

　　形成于春秋战国时期的二十四节气，是中国古代用来指导农事的补充历法，是中国古代农耕文明时期创造出的杰出的自然科学成果。2016年岁末，二十四节气获批列入联合国教科文组织"人类非物质文化遗产代表作名录"。二十四节气能准确反映季节的变化，并以此科学地指导农事的活动。不仅如此，每一个节气的转换还直接地影响着千家万户的衣食住行，不少节气到来之时，民间都会举行形式多样的纪念仪式或充满地域特色的习俗活动。对于这一劳动人民在长期的生产生活中形成的经验总结和智慧结晶，古诗词中自然也有诸多形象生动的描述。

立春

　　作为二十四节气中的第一个节气，同时也是节气谱中的四大"立"节之一，立春在古代有着非常重要的地位。立春在古代曾被定为春节，直到民国之后才将每年的正月初一定为春节。据史料记载，古代立春之日有隆重的国家纪念仪式,天子率三公九卿、诸侯大夫去东郊迎春,祈求一年风调雨顺,国泰民安。由此可见,立春在二十四节气中特殊而又重要的地位和影响。

"东南三贤"之一南宋著名理学家、教育家张栻在《立春偶成》中写道:

> 律回岁晚冰霜少,春到人间草木知。
> 便觉眼前生意满,东风吹水绿参差。

诗中写道,春天的到来,冰冻霜雪已日渐减少,草木用绿色传递出春天的信息,东风吹来,春水掀起了阵阵涟漪。

韩愈在《春雪》中对立春的描写可谓别具匠心:

> 新年都未有芳华,二月初惊见草芽。
> 白雪却嫌春色晚,故穿庭树作飞花。

诗中虽然没有出现"立春"两个字,但诗人以在"未有芳华"的季节里"惊见草芽"的这一细微现象,暗指春天已经来到人间,同时又以漫天飞舞的雪花来比喻春回大地所呈现的生机与芳华。小诗给人带来了一种自然的美感。

雨水

雨水是二十四节气中的第二个节气。此时气温逐渐回升,冰雪开始融化,降水亦随之增多,故取名雨水。雨水和谷雨、小雪、大雪一样,都是反映降水现象的节气。雨水节气于古人而言有着举足轻重的地位,因为此时万物萌芽生长,都需要雨水的滋润,故民间有"春得一犁雨,秋收万担粮"之说。

说到反映这一节气的古诗,就不能不提杜甫的《春夜喜雨》:

> 好雨知时节,当春乃发生。
> 随风潜入夜,润物细无声。
> 野径云俱黑,江船火独明。
> 晓看红湿处,花重锦官城。

细雨纷纷,春天就这样在花鸟的啼鸣和雨的滴答声中缠绵地到来了。唐诗里的雨,有闺中哀怨的雨、离愁别绪的雨、伤时即景的雨,亦有情致清逸的雨。

诗圣杜甫这篇描绘春夜雨景的名作,诗意恬雅、幽静,可以窥见诗人对于春雨的期盼之情。春天是万物萌发的季节,"知时节"的"好雨"似乎懂得人们的心思和需求,如期而至,润泽大地。诗词以拟人化的手法表现了作者心系苍生百姓的可贵情感,尤其是诗中的"知"字和"乃",一呼一应,极为传神,由此诗人喜雨的心情跃然纸上。

除了杜甫的上述佳作之外,写雨水的古诗句还不少。譬如,唐人刘长卿写的"细雨湿衣看不见,闲花落地听无声",十分清寂婉柔;宋代陆游笔下的"小楼一夜听春雨,深巷明朝卖杏花",又显得格外微远淡静。

惊蛰

惊蛰,古称"启蛰"。顾名思义,"惊蛰"即上天以打雷惊醒蛰居动物的日子,也标志着仲春时节的开始。此时,中国大部分地区进入春

耕季节,故农村有"惊蛰春雷响,农夫闲转忙"的谚语。描写这一节气及农家开始忙碌农事的诗句亦不在少,如韦应物《观田家》中"微雨众卉新,一雷惊蛰始。田家几日闲,耕种从此起"、宋人梅尧臣《田家四时》中"昨夜春雷作,荷锄理南陂。杏花将及候,农事不可迟"等诗句,都生动地反映了春来农事忙的景象。

而陶渊明的《拟古》其三却是另外一番意境:

> 仲春遘时雨,始雷发东隅。
>
> 众蛰各潜骇,草木从横舒。
>
> 翩翩新来燕,双双入我庐。
>
> 先巢故尚在,相将还旧居。
>
> 自从分别来,门庭日荒芜。
>
> 我心固匪石,君情定何如?

陶渊明的这首诗闲淡素朴,透露着一种淡菊清高自守的情怀。诗人用"时、始、潜、舒"四个平淡无奇的字眼,描摹出了惊蛰节气草木绽放,蛰伏冬眠的虫子蠢蠢欲动的景象。同时诗人寄情于景,在写出春日田园的惊蛰农事活动之外,又以双燕的热闹反衬自己内心的幽独孤寂。因为孤独,诗人于繁华尘世之中偏安一隅,在宁静的田园中,过着自给自足的恬淡生活。

春分

春分,是一个特别的日子,古时称"日中""仲春之月",此时一天内昼夜均而寒暑平。五代宋初的徐铉在《春分日》一诗中写道:"仲春初四月,春色正中分。"春分过后,气温上升很快,充足的光照使得农作物进入了快速生长的阶段：油菜花香、小麦拔节。古诗词中写春分的佳句可谓不少。徐铉笔下的春分时节细雨飘洒，万物复苏，杨柳扶岸，一派生机勃发的景象：

> 春分雨脚落声微，柳岸斜风带客归。
> 时令北方偏向晚，可知早有绿腰肥。

宋人欧阳修在《阮郎归·南园春半踏青时》中对春分的描写充满了生机盎然的春天气息：

> 南园春半踏青时，风和闻马嘶。青梅如豆柳如眉，日长蝴蝶飞。

如此美妙的词句，把个春分季节形容得生机盎然。历经寂寥的寒冬，大自然结束了"默片"时代，以声、色、雨等元素开始调配出万紫千红、鸟鸣水潺的立体景象。正因为春分季节如此撩人心魄，故另一位宋代词人邵雍在《乐春吟》中写下了"四时唯爱春，春更家春分"的内心感受。

清明

二十四节气与中国传统文化节日中唯一重叠的，就是清明这一重要而又古老的节日。因天朗气清，温风拂面，花香萦怀，万事万物清和又朗润，故而称清明。《历书》云："春分后十五日，斗指丁，为清明，时万物皆洁齐而清明，盖时当气清景明，万物皆显，因此得名。"

中国古代诗词中描写清明的诗文实在不少，其中最具代表性的恐怕仍属杜牧的那首脍炙人口的《清明》：

　　　清明时节雨纷纷，路上行人欲断魂。
　　　借问酒家何处有？牧童遥指杏花村。

　　杜牧写的这首《清明》，起笔平淡，诗境不染浓墨，也不设繁艳的色彩，文字亦不奇峻高古，素材更是寻常所得。但经诗人轻描淡写的几笔，便勾勒出了一幅雨水纷纷杏花舞的水墨画。清明节的时候，诗人不能回家扫墓，孤独一人奔走在异乡，心里本已不是滋味，再加之纷纷扬扬的雨水又把衣衫湿透，简直让人断魂啊！找个避雨消愁地方，可是酒店又在何处呢？牧童指向远处的杏花村。这首小诗写得清新隽永，自如至极，毫无造作之痕。千百年来，一直为后人广为传诵。

谷雨

　　谷雨是春季最后的一个节气。"清明断雪，谷雨断霜"，谷雨的到来意味着寒潮天气的结束，气温回升加快，此时雨水丰沛，有利于百谷生长，可谓"帆得樵风送，春逢谷雨晴"（唐孟浩然《与崔二十一游镜湖，寄包、贺二公》）。晴好暖和的天气非常有利于农作物的生长，故民间有"雨生百谷"之说。农家也进入了春播农忙时节，"召平瓜地接吾庐，谷雨干时手自锄"（唐曹邺《老圃堂》）、"江国多寒农事晚。村北村南，谷雨才耕遍"（宋范成大《蝶恋花》）等诗句反映的都是农事一派繁忙的景象。除此而外，此时也是新茶收获的季节，故谷雨与茶的古诗亦不胜枚举，"二月山家谷雨天，半坡芳茗露华鲜"（唐陆希声《茗坡》）、"枪旗冉冉绿丛园，谷雨初晴叫杜鹃"（唐齐己《闻道林诸友尝茶因有寄》）、"白云峰下两枪新，腻绿长鲜谷雨春"（宋林和靖《尝茶次寄

越僧灵皎》)等诸多诗句,使香茗与谷雨这一季节有了密不可分的联系。正因为如此,文人墨客们便喜欢在农人撒谷播种的季节里饮酒品茶,敲诗吟句。宋人黄庭坚有诗曰:

> 落絮游丝三月候,风吹雨洗一城花。
> 未知东郭清明酒,何似西窗谷雨茶。

谷雨时节的茶,称为"雨前茶"。洁净雨水泡过的茶,宛如空灵的禅,品了能忘却红尘俗虑,修一段清净菩提。明代茶人许次纾在《茶疏》中这样写道:"清明太早,立夏太迟,谷雨前后,其时适中。"用谷雨时节天然雨水泡出的茶,馥郁清香,能洗去烟火铅华,领悟佛性禅缘。清明酒是断肠的酒,谷雨茶却是新年的茶,希望的茶。多情的诗人,有着飘逸婉转的思绪,在这个富有诗情画意的春天里,诗人以优美的诗文赞美了春风吹拂的田野和充满希望的季节。

立夏

立夏是告别春天、进入夏季的第一个节气,这个节气在战国末年的公元前 239 年就确立了。《历书》云:"斗指东南,维为立夏,万物至此皆长大,故名立夏也。"此时气温明显升高,炎暑将临,雷雨增多,农作物也进入了一个旺盛生长的季节。唐代诗人高骈在《山亭夏日》中把夏日特有的风情描写得别具一格:

> 绿树浓阴夏日长,楼台倒影入池塘。
> 水晶帘动微风起,满架蔷薇一院香。

小诗的手法近乎绘画,绿树浓荫,楼台倒影,池塘水波,满架蔷薇,呈现在读者面前的是一幅色彩鲜亮、情调清和的图画。山亭和诗人虽然没有在诗中出现,然而人们在欣赏这首诗时,却仿佛看到了那个山亭和那个悠闲自在的诗人。

南宋爱国诗人陆游的五言诗《立夏》,同样也充满了夏日时节的自然风光与生活情趣:

> 赤帜插城扉,东君整驾归。
> 泥新巢燕闹,花尽蜜蜂稀。
> 槐柳阴初密,帘栊暑尚微。
> 日斜汤沐罢,熟练试单衣。

光阴荏苒,春去夏至。新燕忙着筑巢,蜜蜂忙着采蜜。诗人刚刚脱下了春衫,换上了夏日单衣,坐在槐树下悠闲地读着诗书,感悟着人生的况味。如果说,春季是一阕轻柔婉约的宋词,那么夏季则好比是一篇充满激情的散文诗。

小满

小满是夏季的第二个节气,其含义是夏熟作物的籽粒开始灌浆,逐渐呈饱满状态,但还未成熟,只是小满,还未大满。《月令七十二候集解》中释为:"四月中,小满者,物致于此小得盈满。"

在描写小满时节农家生活情状的古诗中,宋人翁卷《乡村四月》值得一读:

> 绿遍山原白满川,子规声里雨如烟。

乡村四月闲人少,才了蚕桑又插田。

小诗的前两句似一幅淡远清幽的画面,草色青青似碧浪,水满山绿鸟声悦。诗人用夸张、比喻的修辞手法描景绘色。后两句则由景及人,农人春播春种,一片忙碌的景象跃入读者眼帘。

宋代欧阳修的《归田园四时乐春夏二首》其二也是一首描写初夏时节景致的佳作,诗中写道:

南风原头吹百草,草木丛深茅舍小。
麦穗初齐稚子娇,桑叶正肥蚕食饱。
老翁但喜岁年熟,饷妇安知时节好。
野棠梨密啼晚莺,海石榴红啭山鸟。
田家此乐知者谁?我独知之归不早。
乞身当及强健时,顾我蹉跎已衰老。

诗的大意是,夏季的南风吹动了原上的各种野草,就在那草木深处可见到那小小的茅舍。近处麦田那嫩绿的麦穗已经抽齐,在微风中摆动时像小孩那样摇头晃脑娇憨可爱,而桑树上的叶子正长得肥壮可供蚕吃饱。农家盼望的仍是当年的收成如何并为丰收高兴,至于田园美景和时节的美好他们是无暇顾及的。诗的后四句是诗人以议论的方式发出历经沧桑的感慨:我既然看到了归隐田园是这么令人神往,然而我自知归隐得太晚了,当身体强健时就应该隐退的,可现如今,岁月蹉跎,吾已老矣!

芒种

芒种是夏季的第三个节气,此时表示仲夏季节正式来临。芒种的

"芒"字,是指麦类有芒植物的收获,芒种的"种"字,是指谷黍类作物播种的节令,所以农谚有"亦收亦种是芒种"的说法。"芒种"二字的谐音,表明一切作物都在"忙种"了,所以"芒种"也称为"忙种"。芒种的到来,也预示着农民朋友开始了一年忙碌的田间劳作。古诗中多有这方面的描写,如白居易《观刈麦》中写道:"田家少闲月,五月人倍忙。夜来南风起,小麦覆陇黄。妇姑荷箪食,童稚携壶浆。相随饷田去,丁壮在南冈……"陆游五言绝句《时雨》中写道:"时雨及芒种,四野皆插秧。家家麦饭美,处处菱歌长……"两首小诗均取自芒种时节农家耕种场景,诗句虽无华丽辞藻,却道出了农人的辛劳与不易,朴素浅显的话语体现了诗人对劳苦百姓的真挚情感。

宋代田园诗名家范成大在他的《梅雨五绝》中,也描写了芒种时节农村趁着天晴插秧抢种的场景:

乙酉甲申雷雨惊,乘除却贺芒种晴。

插秧先插蚤籼稻,少忍数旬蒸米成。

诗的前两句说的是芒种季节赶上了晴好的天气，后两句意思是在青黄不接的日子里，只要再忍耐些时日，心中的䅎籼稻就可以吃上了。在粮囤不太丰盈的旧时，这首诗给了饥饿的农民些许"口腹"之慰。

夏至

夏至是二十四节气中最早被确定的一个节气。公元前七世纪，先人采用土圭测日影的方法确定了夏至。夏至这天，太阳直射地面的位置达到一年的最北端。夏至过后，太阳直射地面的位置开始南移，北半球白昼逐渐减短，故民间有"吃过夏至面，一天短一线"的说法。夏至以后，即将开始一年之中最热的天气——三伏天。

关于夏至，古人们也留下了不少佳作。唐代权德舆有《夏至日作》诗曰：

> 璇枢无停运，四序相错行。
> 寄言赫曦景，今日一阴生。

诗的前两句说的是大自然不停地运行，四季交错；后两句意思是虽然夏阳如火，却意味着阳盛之中也有阴生。

韦应物在《夏至避暑北池》诗中云：

> 昼晷已云极，宵漏自此长。
> 未及施政教，所忧变炎凉。
> 公门日多暇，是月农稍忙。

高居念田里,苦热安可当。

亭午息群物,独游爱方塘。

门闭阴寂寂,城高树苍苍。

绿筠尚含粉,圆荷始散芳。

于焉洒烦抱,可以对华觞。

诗的开头四句写的是,夏至这一天昼夜交替的长短以及这一时节的到来人们生活的变化。接下来的四句反映的是衙门清闲、官府少事,而农夫则顶着炎热在田间地头忙着耕种。诗词的后半部分写的是诗人闭门避暑,欣赏竹荷风光,如有烦闷,可举杯消愁,以此打发着夏日的时光。韦应物这首诗,韵味深厚,情意悠长,字里行间表现出对农夫的怜悯,对官府的不满以及自身闲居无事而生发的些许哀伤之情。

小暑

小暑是夏天的第五个节气,表示夏天的正式开始,其标志是出梅、入伏。暑,意即炎热,小暑虽不是最热的季节,但一年之中最炎热的季节大暑即将到来,故民间有"小暑大暑,上蒸下煮"之说。此时,大部分地区的农作物都进入了茁壮生长的阶段,需要加强田间的管理。唐代诗人元稹在《小暑六月节》诗中写道:

倏忽温风至,因循小暑来。

竹喧先觉雨,山暗已闻雷。

户牖深青霭,阶庭长绿苔。

鹰鹯新习学,蟋蟀莫相催。

　　诗的大意是，突然之间，暖暖的热风循着小暑的节气而来。竹子的喧哗声表明大雨即将来临，山色灰暗仿佛已经听到隆隆的雷声。正因为炎热季节的一场场雨，才有了门户上潮湿的青霭和院落里台阶上蔓生的绿苔。尾联则是通过对某些动物的描写，以此来反映这个季节的自然特征。

　　感受了元稹的《小暑六月节》，我们不妨再走进宋人苏舜钦的《夏意》之中：

　　　　别院深深夏席清，石榴开遍透帘明。
　　　　树阴满地日当午，梦觉流莺时一声。

　　夏日时节，绿树浓荫，庭院深深，榴花似火。诗人枕着诗书卧在凉席上纳凉消暑，清新幽凉的情境让人心旷神怡，俗虑全无。

大暑

　　七月中，是大暑，烈阳如火，蝉鸣鼓噪。大暑是农历二十四节气中的第十二个节气，这时正值中伏前后，因而是一年之中最热的时期，正如古书中所说："大者，乃炎热之极也。"然而此时也是喜热作物生长速度最快的时节，大暑时节天气干旱少雨，故民间有"小暑雨如银，大暑雨如金""伏里多雨，囤里多米"的说法。这个节气到底有多热，我们不妨从宋代诗人戴复古的《大热》一诗中，去感受一番酷暑盛夏季节热力四射的滋味：

　　　　天地一大窑，阳炭烹六月。

万物此陶镕，人何怨炎热。

君看百谷秋，亦自暑中结。

田水沸如汤，背汗湿如泼。

农夫方夏耘，安坐吾敢食？

此诗接地气，察民情，形象地描述了盛夏季节农夫耕种劳作的艰辛与不易，表达了诗人对劳动人民的同情与体恤。

在此酷热难耐的季节，对农人农家同样有着深深同情心的宋代另一大家杨万里，则不得不开启了《夏夜追凉》模式：

夜热依然午热同，开门小立月明中。

竹深树密虫鸣处，时有微凉不是风。

夏日难熬，好不容易度过了最炎热的正午时分，谁知入夜之后依旧如同白日一样炎热无比。于是，诗人索性打开房门，站在庭院之中赏月纳凉，然而真正的清凉不是自然界给予的，而是内心波澜不惊的淡定。由此可见，此诗的绝妙之处全在于"不是风"三个字。

立秋

岁时流逝，四季轮回。抬头青山绿水，繁花绽开；低眉落叶满地，秋风萧瑟。转瞬之间，时令已进入立秋时节。"秋"就是指暑去凉来。到了秋季，梧桐树开始落叶，因此有"落叶知秋"的成语。从文字上看，"秋"是由"禾"与"火"组成，意味着禾谷已经成熟。农谚有"立秋三天遍地红"的说法，也就是说立秋之后，大秋作物开始成熟了。秋季是由热转凉、再由凉转寒的过渡性季节。以七绝诗誉满天下的"大历十才

子"之一李益,在《立秋前一日览镜》的诗中写道:

万事销身外,生涯在镜中。
惟将满鬓雪,明日对秋风。

李益的这首诗,不以清丽深情的词语取胜,也没有冠以哀恸悲辛之名,而是以朴素自然的字句描写,将悲壮的情分烙进文字之中,读起来字字孤怨,句句含着隐忍的悲伤。读者从诗的前两句可以看出,诗人对镜惋叹步入迟暮之年后的风霜满面、容颜老衰。诗的后两句诗人以比喻的修辞手法,把雪喻为白发,以此彰显岁月迅疾而又无情的流逝,浅显的用词饱含了惆怅无奈的喟叹。

繁华如春梦,悲凉是秋烟,自古以来,秋天都是一个伤婉哀愁的季节。故古人笔下的秋,往往多是漂泊羁旅的清愁,是孤独年华的哀叹,是残荷凋零的伤感,犹如李煜笔下的"寂寞梧桐深院锁清秋"和晏殊写下的"高楼目尽欲黄昏,梧桐叶上萧萧雨"的诗句,无不充满了哀愁凄凉的情感。但也有例外，一代"诗豪"刘禹锡眼中的秋，则给人一种昂扬向上的豪情：

> 自古逢秋悲寂寥，我言秋日胜春朝。
> 晴空一鹤排云上，便引诗情到碧霄。

　　这首诗节奏明快，朗然清新，诗意宛如扮演花旦的男子，秀气中又见得了几分刚健。时年 34 岁的刘禹锡写这首诗赞誉秋天的情怀是波澜壮阔、高亢激越的，特别是他在最后着浓墨写出了"晴空一鹤排云上，便引诗情到碧霄"的壮美与激情。每每读这两句时，倒是让人品悟出了冬日梅花傲雪独放的清高情怀。

处暑

　　农历七月中旬为处暑节气，明代郎瑛在《七修类稿》在解释为："处暑，七月中。处，去也，暑气至此而止矣。"从字面上看，处暑是指时令虽已入秋，但仍有残余的暑气尚未退去。春耕夏播，秋日收成，处暑也是农人们喜获丰收的季节。每年的处暑节气在 8 月 22 日至 24 日之间，而此时正是清新淡雅的丹桂飘香之际，因而八月又称桂月。
　　古诗中写处暑的诗文不如写其他节气那样多，颇有代表性的是宋代仇远的《处暑后风雨》：

> 疾风驱急雨，残暑扫除空。
> 因识炎凉态，都来顷刻中。
> 纸窗嫌有隙，纨扇笑无功。
> 儿读秋声赋，令人忆醉翁。

读这首诗,读者仿佛看见了一位面容憔悴的老者。在秋风急雨、寂寥凋零的悲秋,诗人满腹的酸楚孤独与谁说?于是只能铺纸研墨,写下这首伤感哀戚的诗。诗人通过环境描写渲染初秋时的悲伤苍凉,以景抒情,婉转地表达出了自己惦念往事,慨叹岁月沧桑巨变,却无能为力的心情。诗的情志是深沉的。一瞬芳华一清秋,一剪秋风一沧桑。回不去的人和事,再如何赋浓墨重彩描摹,都已不能回到当初。

白露

叶沾露水,秋风渐凉;大雁南飞,白露及至。白露是二十四节气的第十五个节气,也是秋季第三个节气。所谓"白露秋分夜,一夜凉一夜",因此时昼夜温差大,夜间空气中的水汽凝结成细小的水滴,密集地附在植物上,故称白露。

《诗经》中的名句:"蒹葭苍苍,白露为霜"。蒹葭就是芦苇。苇丛拂晨光极目萧瑟,清露凝雪莹遍地残芳。芦荻无花秋水长,淡云微雨似潇湘,天地苍凉,秋容憔悴。"白露为霜"的霜,非霜降之霜,霜降为露之冰晶。而白露之"霜"不过是气温骤降,清露因沉浊而变奶白,形容感伤而已。表现白露时节秋色苍凉的古诗不在少数,比如诗仙李白的《金陵城西楼月下吟》"白云映水摇空城,白露垂珠滴秋月"、诗圣杜甫在《月夜忆舍弟》中写下的"露从今夜白,月是故乡明"、唐代诗人雍陶有《秋露》诗"白露暧秋色,月明清漏中"以及"初唐四杰"之一的王勃在《秋夜长》中的喟叹"秋夜长,殊未央,月明白露澄清光,层城绮阁遥相望"。无论诗人如何挥毫泼墨,其笔下的秋色,无一例外都是愁绪悠长,幽婉凄凉。

秋分

岁月荏苒,时光流逝,转瞬之间,90天的秋季过去了一半。秋分与春分一样,指昼夜平均,秋分过后已不再是夏令时节的昼长夜短了。《春秋繁露》中记载:"秋分者,阴阳相半也,故昼夜均而寒暑平。"进入秋分时节,一股股南下的冷空气,与逐渐衰减的暖湿空气相遇,便产生了一次次降雨,由此也导致了气温的一次次下降,正所谓"一场秋雨一场凉"。然而在这寒意来袭的季节,古人则仍旧保持着一种浪漫热烈的情怀。宋人谢逸笔下的仲秋,依然充满了诗情画意:

金气秋分,风清露冷秋期半。凉蟾光满。桂子飘香远。
素练宽衣,仙仗明飞观。霓裳乱。银桥人散。吹彻昭华管。

作为农时节气,秋分是一年之中农家最为繁忙的时刻。秋季降温快的特点,决定了"三秋"大忙的秋收、秋耕、秋种,必须争分夺秒地进行。此时棉花、烟叶开始收获,南部地区忙着收割晚稻、抢种油菜,北方农区则开始播种冬麦,故民间早就有"秋忙秋忙,绣女也要出闺房""夏忙半个月,秋忙四十天"的谚语,足见秋分这一节气中农事做得如何,对于来年收成有着多么重要的影响。

寒露

关于寒露节气,《月令七十二候集解》中解释为:"九月节,露气寒冷,将凝结也。"寒露节气,代表着气温逐渐由薄凉转向寒冷,夜半至清晨时草叶上的露珠开始慢慢走向打霜的过程。农历九月亦是田园农人最忙碌的时期,对此《诗经》早有记载:"九月筑场圃,十月纳禾稼。"因为此时"三秋"还未结束。

说到描写寒露的诗句,当数白居易的《暮江吟》:

一道残阳铺水中,半江瑟瑟半江红。

可怜九月初三夜,露似珍珠月似弓。

白居易的诗,向来沉郁顿挫,但这一首《暮江吟》却打破了传统写寒露节气悲伤的基调,而是用自然平淡的语言,造出了一幅清丽的意境。寒露时节,日暮时分,绚丽的晚霞打开了一个天窗,余晖刹那间投向秋江水面之上,波光粼粼,熠熠生辉。入夜,月光的清辉婆娑满地,弯成一把弓箭形状高挂在寂静的苍穹之上,而叶子上的露珠更宛如一颗颗润泽晶莹的露珠。这首诗的独到之处在于,作者走出了以往寒露节气残月悲秋的伤感情怀,突出了诗人内心世界的淡然与宁静。读者的眼前,看到的是一幅幽美、寂静的寒江秋景图。诗的意境是淡泊的、宁静的,亦是神奇的、美妙的。

霜降

霜降一般为农历九月中旬,是秋季的最后一个节气,也是秋季向冬季过渡的节气。古籍《二十四节气解》中说:"气肃而霜降,阴始凝也。"古人以为霜是从天上降下来的,所以就把初霜的节气取名"霜降"。其实,霜和露水一样,都是空气中的水汽凝结的。寒霜多出现于秋天晴朗的月夜,特别是夜里无云时,地面散热更快,更容易结成霜,故民谚有"霜重见晴天,瑞雪兆丰年"的说法。南宋诗人吕本中在《南歌子·旅思》中写道:"驿路侵斜月,溪桥度晚霜。"陆游在《霜月》中写

有"枯草霜花白,寒窗月新影。"这些诗句都写明了晴朗的秋夜霜色凝重的气象特征。古人还把早霜喻作"菊花霜",因为此时正值菊花盛开。苏轼有诗曰:"千树扫作一番黄,只有芙蓉独自芳。"随着霜降的到来,不耐寒的农作物已经收获或者即将停止生长,植物的叶子开始落黄,并逐渐变为橙色直至为红色,正如杜牧《山行》诗中所写:

远上寒山石径斜,白云生处有人家。
停车坐爱枫林晚,霜叶红于二月花。

这首写景状物诗,以"霜叶红于二月花"的色彩把深秋时节的自然界描写得漫山红遍、绚烂无比,诗人锤炼文字的功夫可见一斑。

立冬

立冬,是二十四节气的第十九个节气。"立冬",即冬季自此开始。此时气温已明显下降,天气愈来愈寒冷。大自然草木凋零,昆虫蛰伏,万物收藏,忙碌了一年的人们从此开始进入冬季模式。

明人王稚登在《立冬》一诗中,描写了秋末初冬的萧瑟景象以及自己的心境:

秋风吹尽旧庭柯,黄叶丹枫客里过。

一点禅灯半轮月,今宵寒较昨宵多。

时光宛如一把梳子,它把韶华梳成了沧桑,把黑发梳成了银丝。冬日的夜是寒冷的,更何况又是如此的清寂。小诗表达了诗人对季节变化的无奈感叹:秋去了,冬来了,人客居,孤独寂寞只有孤灯残月相伴,今夜比昨夜还冷啊!

小雪

小雪是二十四节令中的第二十个节气。进入该节气,西北风将成为华夏大地上的常客,气温也逐步降至零摄氏度以下。此时虽开始降雪,但雪量不大,故称为小雪。尽管雪量有限,但这初冬时期的雪水对小麦等越冬农作物的抗旱防寒所起的作用不小,故民间素有"小雪雪满天,来年必丰年"的说法。随着小雪节气的到来,农人们终于结束了一年忙碌的农事，紧闭门窗，在居室内猫冬避寒。

在诗人的眼里，纷纷扬扬飘洒的雪花是冬日里的一种美景，那随风起舞、落地即化的雪花，在唐人戴叔伦的《小雪》诗中显出了独特的韵味：

花雪随风不厌看，更多还肯失林峦。
愁人正在书窗下，一片飞来一片寒。

旋复于空中的雪花随着寒风径自飞舞，姿态娇柔轻盈，晶莹得似少女眼中深情的泪珠，又似荷叶上的露珠，令人欣喜，也让人生怨，因为轻柔的雪花落地即化。诗人对纷纷扬扬的雪花情有独钟，尤其是那些轻柔的雪花不经意地落在树枝、山峦上，宛如给大地披上了一袭薄薄白纱，作者由此道出了"百看不厌"的心声。然在凄冷的屋内，诗人独坐窗前，感受着那片片雪花飘落而带来的寒意。戴叔伦一生飘零，所以他才用飞雪意象暗喻自己寂寥漂泊的光阴，借以渲染心中的幽怨与哀伤。这首诗的遣词也别具匠心，诗人笔下的雪是"花雪"而非"雪花"，这种手法实在妙不可言，形象生动。

大雪

大雪是冬季第三个节气。这一季节，天气开始变得更为寒冷。大雪，顾名思义，雪量大。古人云："大者，盛也，至此而雪盛也。""瑞雪兆丰年"，严冬积雪覆盖大地，可保持地面及农作物周围的温度不会因寒流侵袭而降得很低，为冬作物创造了良好的越冬环境，积雪融化时又增加了土壤的水分含量，可供作物春季生长的需要，所以民间有"今年麦盖三层被，来年枕着馒头睡"的农谚。

大雪时节虽然天气寒冷,但古代的文人墨客却充满了丰富的想象力。无论是唐朝诗人宋之问《苑中遇雪应制》中的"不知庭霰今朝落,疑是林花昨夜开"的形容,还是唐人岑参《白雪歌送武判官归京》中的"忽如一夜春风来,千树万树梨花开"的写意,无论是唐代诗人元稹《南秦雪》中"千峰笋石千株玉,万树松萝万朵银"的妙喻,还是宋人杨万里《观雪》中的"落尽琼花天不惜,封他梅蕊玉无香"的联想,都把大雪节气自然界冰封白雪千里、满目玉树琼花的景象描摹得浪漫而又美妙。

冬至

早在两千五百多年前的春秋时期,中国就已经用土圭观测太阳,测定了冬至。冬至是中国农历二十四节气中最早被确定的一个重要节气,也是中华民族的一个传统节日,别称有"日至""长日""南至""冬节""交冬""亚岁"等等。《汉书》云:"冬至阳气起,君道长,故贺……"也就是说,人们最初过冬至节,是为了庆祝新的一年即将到来。此外,冬至日也是数九的第一天。古时文人过节,总免不了要触景伤怀,吟诗诵词。尤其到了唐宋,冬至就更增添了份文雅,故大诗人杜甫写下了"天时人事日相催,冬至阳生春又来"的名句。苏老夫子再风流脱俗,依然不忘给节日添些雅趣,"何人更似苏夫子,不是花时肯独来"的诗句,便是其应冬至之景赏梅的真实写照。漂泊在外的白居易则表达了另外一番心境,他在《邯郸冬至夜思家》的诗中写道:

　　　　邯郸驿里逢冬至,抱膝灯前影伴身。
　　　　想得家中夜深坐,还应说着远行人。

此诗描写了诗人冬至夜晚在邯郸驿舍里的所思所感,表达了作者的孤寂之感与思乡之情。全诗语言质朴无华而韵味含蓄，构思精巧别致，运用想象等手法，表现出深深的思乡之愁和浓浓的怀亲之意。这首诗的新颖之处在于最后两句手法的反衬，因而更显其意味深长。

小寒

小寒是二十四节气中的第二十三个节气。小寒也标志着冬季时节的正式开始，对于中国大部分地区而言，意味着此时进入了一年之中最为寒冷的日子。根据长期的农事经验，人们往往会以小寒气候推测来年的气候变化，早早做好农事计划和准备，如山东地区就有"小寒无雨，大暑必旱""小寒若是云雾天，来春定是干旱年"的俗语。古人历来都有"每逢佳节倍思亲"的惆怅与乡愁，南宋杰出诗人陈与义也不例外，他在小寒之日写下《窦园醉中前后五绝句》，同样也表达了在外游子归乡之后无比欣慰和喜悦的心情：

东风吹雨小寒生，杨柳飞花乱晚晴。

客子从今无可恨，窦家园旦有莺声。

大寒

大寒是一年之中最后一个节气。据《月令七十二候集解》记载，"月初寒尚小，故云。月半则大矣"，所以有小大寒之分。此时"寒气逆极"，最典型的是我国大部分地区遭遇频繁南下的寒流，天气极度严寒。正如宋人邵雍在《大寒吟》中写道的那样：

旧雪未及消，新雪又拥户。

阶前冻银床，檐头冰钟乳。

小诗以直白的语言描述了大寒节气到来之时房前屋后银装素裹、天寒地冻、冰天雪地的严寒景象。

孟郊的一首《苦寒吟》也让人从字里行间感受到了大寒时逼人的寒气：

天色寒春苍，北风叫枯桑。
厚冰无裂文，短日有冷光。
敲石不得火，壮阴正夺阳。
调苦竟何言，冻吟成此章。

大寒的冷，冷到心中残留的温存已无知觉，冷到身体之中尚存的暖意已被冰封，冷到指尖无力握笔，只有"冻吟成此章"的状态。

作为二十四节气中的最后一个节气，大寒的到来也提醒着我们，一年将近，光阴阑珊。岁月是翻书人，读完这一本，新的一岁的书卷已经呈现在时光老人的面前。

是的，残雪寒冬也未必都是凛冽肃杀之气，"已是悬崖百丈冰，犹有花枝俏"的清雅疏影在告诉世人，春天离我们已经不远了……

走进古诗听雨声

——中国古代诗词中的潇潇雨景

　　大千世界的各种自然现象千姿百态,风情万种。比方说雨吧,不同季节下的雨有着不同的韵味,不同地域下的雨有着不同的姿态。千百年来,人们从这不同的雨中悟出了许多不同的人生感悟。中国古代的文人墨客触"雨"生情,既给我们描摹出了一幅幅充满诗情画意的雨景图,更为我们留下了许多美好的生活情感和独到的人生体验。在此,我们不妨穿越千年时空的隧道,从自然界的雨中走进古代诗人笔下的雨中,去感受一番别样的自然情趣和思想意境。

　　要说古诗中的雨,恐怕首先不能不提大诗人杜甫那首脍炙人口的《春夜喜雨》,其中写道:

　　　　好雨知时节,当春乃发生。
　　　　随风潜入夜,润物细无声。

　　作者以拟人的手法和优美的文字,赋予春雨以知觉和情感,极富艺术感染力地把中国"春雨贵如油"的民间谚语诠释得非常到位、非常精当。同时也反映了杜甫一向关心百姓疾苦和因一场及时雨到来有望看到丰收年景而喜不自禁的心情。从这首诗的雨声里,我们分明听到了诗人体恤黎民百姓的心声。

　　另外一首把春雨形态特征描写得极为细腻精准的诗当数韩愈的《早春呈水部张十八员外》其一,其中"天街小雨润如酥,草色遥看近却无"两句更是妙不可言。作者以一个"酥"字形象地刻画出春雨细密如织、绵柔如丝的特点,给读者一种清新自然的感受。那小雨过后的地方,远远看去是一片碧绿的草色,待走近一看,却又看不见那片绿色了。透过"雨"和"绿"这两个意象,诗人将早春的特点描绘得非常传神,字里行间体现着作者对春天到来的喜悦和赞美。此两句吟咏早春的诗能摄早春之魂,其文字的表现力甚至已经超过绘画艺术。诗人虽无彩笔,但用诗的语言描绘出彩笔亦难以描摹的色彩,呈现在读者面前的是一幅淡素朦胧、似有却无的水墨画卷,把自然美上升到了艺术美的境界。

　　细密如丝的春雨不仅滋润了原野,为大地披上了绿装,而且还带来了满园芬芳。陆游《临安春雨初霁》中"小楼一夜听春雨,深巷明朝卖杏花"的诗句,仿佛让读者看到了一位卖花女,在一夜春雨过后的清晨,手提花篮,走街串巷卖花的窈窕身影,随着卖花女的叫卖声,一脉清香便在小巷的深处弥漫开来,何其幽微,又是何其的清新……

　　春雨催开了杏花,但暮春的花朵在风雨中终究要凋零陨落。盛唐时期大诗人孟浩然的代表作《春晓》中的诗句——"夜来风雨声,花落知多少"描写的就是这样的景象。春夜淅淅沥沥的细雨伴着缠绵柔美的风,好像一曲和弦那样美妙动听,但那些绽放的花朵却经不住这般风吹雨打而散落满地的花瓣。从晚春的风雨声中,我们体会到诗人叹惜春去的思想感情。

　　以上诗句均刻画了春雨温柔绵软的性格,而韦应物却在他的《滁州西涧》中,以"春潮带雨晚来急,野渡无人舟自横"的著名诗句写出了春雨也有倾盆狂泻、桀骜不驯的另一面。此两句诗,一方面隐含了作者怀才不遇、无所寄托的情调,另一方面也表达了其无拘无束、闲适自在的性格,诗人淡泊处世的人生态度尽在一幅速写图画之中。

　　春去秋来,我们不妨再从春雨里穿行至秋雨之中,继续去探询众多古代诗人雨中寄情的情感世界。晚唐诗人李商隐的《夜雨寄北》,则借秋雨抒发了内心思念恋人的情愫:

　　　　君问归期未有期,巴山夜雨涨秋池。
　　　　何当共剪西窗烛,却话巴山夜雨时。

　　诗人以问答的方式与远方的恋人展开隔空对话。在这里,雨不仅引发了作者的思绪,而且仿佛还是恋人对话的媒介。诗句含蓄曲折,语淡情深，深挚的情感宛如"巴山夜雨"那样绵绵不绝、韵味隽永。古典诗词里借雨表达离别情愁的诗句还有不少，与李商隐齐名的温庭筠在《更漏子》词中曰：

> 梧桐树，三更雨，不道离情正苦。一叶叶，一声声，空阶滴到明。

词人借雨的淅沥和物的忧伤，把离别之愁表达得细腻而又真挚。吟诵及此，读者听觉、视觉的神经都被深深地触动了。

唐宋八大家之一的王安石，是中国历史上学者从政的杰出人物，因而他的一些诗作都带有深刻的政治背景。其《残菊》中"黄昏风雨打园林，残菊飘零满地金"的诗句，看似描写"雨打花落"的场景，深层则隐含了曾作为一代改革家的诗人在推进变法过程中的艰难和无奈，由于当时朝廷的昏庸无能，作者身处"众疑群谤"的险恶政治气候之中。吟诗悟境，让人似乎感觉到了"一场秋雨一场凉"的寒意。

诗人陆游目睹当时宋金南北对峙、战争频发、人民遭难的局面，一生以诗文为武器的他，极力呼吁实现国家统一。"夜阑卧听风吹雨，铁马冰河入梦来。"这两句诗就是年近七旬的诗人在一个风雨交加的寒夜，支撑着衰弱的身体写下的。其饱含着热血沸腾的爱国主义情感，抒发了作者憧憬金戈铁马战斗生活的壮志豪情。

其实，古人写雨景、抒胸臆的佳作中，笔者颇为欣赏的是宋代杰出文学家苏轼的《定风波》一词：

> 莫听穿林打叶声，何妨吟啸且徐行。竹杖芒鞋轻胜马，谁怕？一蓑烟雨任平生。　　料峭春风吹酒醒，微冷，山头斜照却相迎。回首向来萧瑟处，归去，也无风雨也无晴。

开篇"莫听穿林打叶声,何妨吟啸且徐行",记述作者外出途中风雨骤至,穿林打叶,声声作响。然而诗人却全然不顾,且吟且啸,徐步前行。"竹杖芒鞋轻胜马"写的是诗人搏击风雨、笑傲人生的轻松、豪迈之情。"一蓑烟雨任平生"则更进一步地由自然界的风风雨雨推及社会生活中的政治风云,形象地表达了作者面对人生风雨淡定自若、达观超逸的胸襟和情怀,寄寓着独到的人生感悟。结尾"回首向来萧瑟处,归去,也无风雨也无晴"是全词的点睛之笔,道出诗人在看似寻常的自然现象中所获得的不同寻常的感悟与启示。作者在荣辱得失、功名利禄面前,大彻大悟、物我两忘的鲜明形象令人肃然起敬。全词有傲骨,有逸趣,有顿悟,通篇洋溢着对自由、洒脱、平静的渴望。

古人借雨抒怀的词作还有南宋词人蒋捷的《虞美人·听雨》,词中写道:

> 少年听雨歌楼上,红烛昏罗帐。壮年听雨客舟中,江阔云低,断雁叫西风。   而今听雨僧庐下,鬓已星星也。悲欢离合总无情,一任阶前,点滴到天明。

该词说的是,年少的时候,歌楼上听雨,红烛盏盏,昏暗的灯光下罗帐轻盈,表明少年不识愁滋味。人到中年,在异国他乡的小船上,看蒙蒙细雨,茫茫江面,水天一线,西风中,一只失群的孤雁阵阵哀鸣。客舟、孤雁,刻画了中年的另一种心态,表明中年况味,须在奋斗。而今,人已暮年,两鬓斑白,独自一人在僧庐下,听雨声点点。人生悲欢离合的经历是无情的,还是让台前一滴滴的小雨下到天明吧。尤其是"一任阶前,点滴到天明"这一句,表明的是词人心如止水、波澜不起、宠辱不惊的一种成熟心态。许昂宵在《词综偶评》中对此句评价道:

"此种襟怀,固不易到……"

　　从古人笔下的雨中回到现实,我们仿佛对雨这一普通的气象术语有了许多新的感慨。清代文学家张潮在他的《幽梦影》中写道:"春雨宜读书,夏雨宜弈棋,秋雨宜检藏,冬雨宜饮酒。"古人在不同的时令季节所秉持的生活态度,我们固然不一定简单地去效仿,但保持与大自然的声气相通,借鉴先人善于触景抒怀的遗风和品格,在各种自然和社会环境下感悟出一些有用、有益的生活真谛,进而保持一份从容与成熟,则无疑是大有裨益的。

最是一年春好处
——中国古代诗词中的盎然春意

　　春天,是一个极富浪漫色彩且充满希望的季节,也是自然界万事万物活力竞相迸发的季节。自古以来民间就有"一年之计在于春"的说法,春天自然也就成了古往今来文人雅士竞相吟诵的对象之一。随手翻阅一下唐宋诗词,关于春天之美的诗作不胜枚举,多才多情的古代诗人早就为我们创作出了诸多赞美春天的作品。

　　欣赏描写春意盎然的古诗句,我们不妨首先走进诗人杜牧《江南春》的美好意境之中,"千里莺啼绿映红,水村山郭酒旗风",这两句诗就像是迅速移动的电影镜头,以大写意的手法掠过南国大地:辽阔的锦绣江南,黄莺在欢乐地鸣唱,绿枝掩映着簇簇红花;傍水的村庄,依山的城郭,迎风招展的酒旗——在望,尽收眼底。诗人以一支生花的妙笔,饱蘸浓丽的色彩,把江南春日的迷人景致描绘得令人心旌摇荡。白居易在《忆江南·江南好》一词中,"日出江花红胜火,春来江水绿如蓝"的名句,同样写得令人陶醉。这两句词以红花、绿水的对比,描摹了江南春天的无限美景,句中色彩搭配和谐、鲜明艳丽,尤其是用"胜火"和"如蓝"来比喻"花红"与"水绿",显得形象而又贴切。诗人多情唯美的文字,把江南的春天渲染得绚丽多彩、生机勃勃。清人高鼎《村居》诗曰:"草长莺飞二月天,拂堤杨柳醉春烟。"这两句诗所表现的是早春二月的明媚景色。诗中一个"拂"字,一个"醉"字,便把静止的杨柳人格化了。作者抓住了"草长""莺飞""杨柳""春烟"这些具有典型意义的景物特征,动态而又形象地描绘了一幅初春时节的迷人风光。宋人宋祁《玉春楼》中"绿杨烟外晓寒轻,红杏枝头春意闹",是"卓绝千古"的名句。词人以拟人的手法,一个"闹"字便把明媚的春光描绘得活灵活现、呼之欲出。

古诗词中的春天可谓万紫千红,百花盛开,而其中最能代表春天讯息的花当属桃花了,所以描写春天桃花的古诗句比比皆是。无论是出自白居易的"人间四月芳菲尽,山寺桃花始盛开",还是杜甫笔下的"桃花细逐杨花落,黄鸟时兼白鸟飞";无论是贾至描绘的"草色青青柳色黄,桃花历乱李花香",还是王维充满诗意的"桃红复含宿雨,柳绿更带朝烟",无不把桃花当成为春天的第一自然元素来描写。

古人在形容盎然的春意时,大多把那和煦的春风与婀娜的春柳联系在一起,因为柳是春风的化身,总是最早向人们报出春天到来的讯息。其中最著名的莫过于贺知章《咏柳》中的名句:"不知细叶谁裁出,二月春风似剪刀。"这两句是对大自然生化万物的热情讴歌,可谓比喻新巧、别具匠心,给人以美的感受。之后还有不少诗人亦作了类似的比喻。如宋代梅尧臣《东城送运判马察院》诗云:"春风骋巧如剪刀,先裁杨柳后杏桃。"清人金农《柳》诗云:"千丝万缕生便好,剪刀谁说胜春风。"大抵都是受《咏柳》诗的影响演化而出。古诗词中对春风春柳的描写,还可以列举不少。如白居易《杨柳枝词》中的"一树春风千万枝,嫩于金色软于丝",诗句描写在春风吹拂下,千万枝垂柳柔嫩多姿,秀色夺目。"金色""丝"比喻形象贴切,写尽早春新柳又嫩又软之娇

态。其实,古人对春柳的形容还有更为多情浪漫的比喻,如杜甫"隔户杨柳弱袅袅,恰似十五女儿腰",以及白居易"叶含浓露如啼眼,枝袅轻风似舞腰"的诗句,则把初春的柳条比作少女婀娜多姿、妩媚轻柔的腰肢,让读者从中感受到春天温柔的气息。此外,唐人韩翃的"春城无处不飞花,寒食东风御柳斜",以及元朝赵孟頫笔下的"野店桃花红粉姿,陌头杨柳绿烟丝"等都是脍炙人口的咏春佳句。

"好雨知时节,当春乃发生。"要说最能反映春天特殊意境的,无论如何是离不开春雨这一自然元素。相比其他季节的雨,春天的雨细密如丝、飘逸朦胧。古典诗词中有诸多形象生动、令人难忘的描述。无论是韩愈笔下"润如酥"的"天街小雨",还是王维诗中"浥轻尘"的"渭城朝雨";无论是诗僧志南眼里"沾衣欲湿"的"杏花雨",还是赵师秀看到"黄梅时节"的"家家雨",无一不把春雨"随风潜入夜,润物细无声"的典型特征刻画得清新隽永、入木三分。唐人张旭的《山中留客》一诗更是把春山云雨的美妙意境描绘得巧妙而又委婉:

> 山光物态弄春晖,莫为轻阴便拟归。
>
> 纵使晴明无雨色,入云深处亦沾衣。

春雨不仅有着柔美的身姿,而且在人们长期的生活与实践中,对春雨还逐渐产生了一些固定的表述方式,比如"一犁春雨"就成为古代文学作品中春耕题材作品最常见的词语。宋代苏轼"归去,归去,江上一犁春雨"、袁甫"一犁春雨趁农耕"、吕祖谦"一犁春雨沃桑麻"、金代元好问"一犁春雨麦青青"、元代胡天游"一犁春雨土如酥"、明代费元禄"一犁春雨占丰年"等诗词,无不体现了人们对春雨滋润田畴、惠及苍生的热情讴歌与由衷赞美,洋溢着淳朴的农耕文化气息。可以说,春雨已经成为能够唤起中华民族集体记忆的文化符号。

古诗词中描写的春意,自然也少不了各种可爱的小生灵,其中颇具代表性的诗作,当属杜甫的《绝句》:

迟日江山丽,春风花草香。

泥融飞燕子,沙暖睡鸳鸯。

春日暖阳普照着大地,山河一片秀丽的景色。在春风吹拂下,绽放的花朵和茵茵的芳草散发出馥郁的芬芳。冻土融化,燕子正繁忙地飞来飞去,衔泥筑巢;沙滩和暖,鸳鸯静谧地入睡其中。小诗把明媚的春光,盎然的生机都浓缩在一幅清新明丽的图画之中。同样是杜甫的诗作,诗人安居草堂之后,心情愉悦地写下了另一首《绝句》:

两个黄鹂鸣翠柳,一行白鹭上青天。

窗含西岭千秋雪,门泊东吴万里船。

诗的前两句以工笔的手法,描绘了明丽开阔的背景之中鸟类怡然自得的欢快之态,展现了春天的生机与活力,尤其是诗中"黄""翠""白""青"四种鲜明的色彩,勾画出了一幅绚丽的图景。这首诗的另一个绝妙之处,在于与盎然春景同时出现的"千秋雪",把皑皑白雪与暖暖春意展现在同一时空里。一方面说明华夏国土之辽阔,气候差异之明显;另一方面则表明了诗人思接千载、视通万里的宽阔胸襟。

春天的时光无比美好,但再美好的东西也不会永远驻留。因而,古人在春天里也会有感伤,诸如"二月已破三月来,渐老逢春能几回"(杜甫《绝句漫兴九首》)、"落花流水春去也"(李煜《浪淘沙》)、"人间四月芳菲尽"(白居易《大林寺桃花》)等诗词,一方面表达了对春光易逝和人生苦短的感叹,另一方面也蕴含了希望世人不要虚度光阴的道理。

　　欣赏了古典诗词对春景种种个性化的描写之后，不妨再来吟读一篇著名高僧皎然写的一首全景式同头《和邢端公登台春望句，句有春字之什》诗：

　　　　春日绣衣轻，春台别有情。
　　　　春烟间草色，春鸟隔花声。
　　　　春树乱无次，春山遥得名。
　　　　春风正飘荡，春瓮莫须倾。

　　《和邢端公登台春望句，句有春字之什》诗八句，句句以"春"字打头，可谓一句一幅春景，一句一种春情。春日春台春烟春鸟春树春山春风春瓮，构成了一幅赏心悦目、美不胜收的春景图。

　　诗意春天，意象万千，风光无限。缘何"撩乱芳情最是君"，却原来"最是一年春好处"。又是一年春将至，让我们带着诗意一起走进春天里，走进人生的美好景色之中。

古诗清凉度炎夏

——中国古代诗词中的情趣夏日

"暑景方徂,时惟六月。大火飘光,炎气酷烈。"《暑赋》中描写的盛夏真可谓骄阳似火,酷热难耐,所以古人将令人难熬的夏天称为"苦夏"。那么,在没有电扇、空调的古代,古人们究竟是如何度过炎炎夏日的呢?古诗词为我们展现了古人度夏消暑的盎然情趣。

翻阅洋洋洒洒的古诗词,不难发现,古人度夏避暑方法之一就是徜徉在大自然之中。相对于今日,古代的人口远比现在少得多,那时没有所谓的"温室气体排放"和"热岛效应",有的只是"清江一曲抱村流,长夏江村事事幽"(杜甫《江村》)、"过雨荷花满院香,沈李浮瓜冰雪凉"(李重元《夏词》)、"芳菲歇去何须恨,夏木阴阴正可人"(秦观《三月晦日偶题》)的自在与享受。古人懂得与山山水水来个亲密接触是消夏纳凉的最好方法,故走进大自然便是古人避暑的首选。在此,我们不妨先感受一番王维的五言诗《纳凉》中习习凉意:"乔木万余株,清流贯其中。前临大川口,豁达来长风……偃卧盘石上……漱流复濯足"。置身于茂密的树荫丛中和潺潺的清流岸边,仰卧在偌大的石块之上，用清风洗尘，以溪流沐足，一股股凉意沁人心脾，夏日的闷热顿时一扫而光。王维一生中规中矩，就连纳凉这等休闲之事，亦是如此温文尔雅。而一生狂荡不羁的李白则完全不一样了，且看其《夏日山中》的场面：

> 懒摇白羽扇，裸袒青林中。
> 脱巾挂石壁，露顶洒松风。

酷暑逼人，热浪滚滚。诗人懒得摇扇，更不想穿衣戴帽了，干脆在山林之中把自己脱得一丝不挂，让山中清气与肌肤来个亲密接触，这是何等的酣畅淋漓啊！宋人杨万里的一首《夏日追凉》同样写出了悠然自在的夏夜纳凉情景：

> 夜热依然午热同，开门小立月明中。
> 竹深树密虫鸣处，时有微凉不是风。

没有风，却仍有"微凉"，只缘身在密林中，诗作者的描述，把读者也带进竹林深深、绿树成荫的清凉环境之中。

"何处堪避暑？林间背日楼。何处好追凉？池上随风舟。"这是白居易的纳凉诗，尽管酷暑难耐，但走进林间，或登上小舟便可追风逐凉，尽享惬意，其不快哉。古人相信"宁心无一事，便到清凉山"的道理，所以白居易的消暑养生法便是静坐，此一做法有诗为证：

> 何以消烦暑，端坐一院中。
> 眼前无长物，窗下有清风。
> 散热由心静，凉生为室空。

此时身自保,难更与人同。

白居易的《消暑》诗告诉我们,"心静"是夏日找回清凉的妙招,无论天气多么热,只要静下心来,或坐或卧或倚,意及碧空苍穹、繁星朗月,抑或雪域草原、极地冰川,自然就会有清凉之气,由表及里、由肤到心地漾至心底,便能渐入清凉的佳境。其实诗中的"眼前无长物,窗下有清风"还有更深一层含义,即一个人若心不为名利所困扰,不为物欲所羁绊,耳畔自会有清风习习。因为在红尘纷扰之中,要保持一份"心静",实在要比抵御自然界的酷暑难得多。

古人走进山水树林避暑之外,还有读书消夏纳凉的,宋代诗人蔡持正诗曰:

纸屏瓦枕竹方床,手倦抛书午梦长。
睡起莞然成独笑,数声渔笛在沧浪。

诗中的作者躺在竹床上,枕着陶制的枕头,以书催眠消暑。一觉醒来,听着悠扬的声声渔笛,莞然独笑。古人以雅致的方法避暑除了读书之外,当然离不开弹琴奏乐。

王维为躲避酷热,抱着古琴走进幽深碧翠的竹林,席地弹奏乐而忘返,留下了优雅的诗词《竹里馆》:

独坐幽篁里,弹琴复长啸。
深林人不知,明月来相照。

明月当空,竹林幽静,琴声悠扬,诗人完全陶醉在诗一样的氛围之中,炎热之苦早已抛于九霄云外。

　　除此之外,古人的消夏避暑方法可谓多种多样。如采莲、垂钓就是其中最为普及的方法,萧纲的《采莲曲》就描写了这样的场景:

　　　　晚日照空矶,采莲承晚晖。
　　　　风起湖难渡,莲多采未稀。

　　荡舟水面,湖面采莲,闻荷香阵阵,赏碧波绿浪,其中凉爽之意自不待言。司空曙的《江村即事》则是古人夏日垂钓避暑的真实写照:

　　　　钓罢归来不系船,江村月落正堪眠。
　　　　纵然一夜风吹去,只在芦花浅水边。

　　好一幅江村月落舟自横的夏夜宁静画卷。
　　在没有现代降温手段的古时,古人度夏还离不开一些百姓熟悉的物品,其中扇子可能是最能体现百姓消夏纳凉的物件,因而扇子有"摇友""凉友"之美称。杜牧诗中"银烛秋光冷画屏,轻罗小扇扑流萤"的诗句反映的是文人骚客的夏日雅致,而《水浒传》中"赤日炎炎似火烧,公子王孙把扇摇"则是对达官贵人们骄奢淫逸生活的不满与愤懑。除了扇子之外,形态各异的瓷枕也是古人夏日安然入眠的必备神器。宋代女词人李清照在《醉花阴》中就有"玉枕纱橱,半夜凉初透"的词句,其中的"玉枕"即是清白釉枕。事实上,时至今日,无论是扇子还是玉枕,依然还是城乡百姓夏日纳凉的生活用品。
　　古人消夏避暑当然也离不开消暑的水果。无论是普通百姓、文人雅士还是朝廷官员都视西瓜为夏天的消暑佳品,清朝名臣纪晓岚曾诗赞西瓜:

种出东陵子母瓜，伊州佳种莫相夸。

凉争冰雪甜争蜜，消得温暾顾渚茶。

一生狂放不羁的苏东坡酷爱西瓜，他曾经写过这样一副对联：坐南朝北吃西瓜，皮向东甩；思前想后看左传，书往右翻。这种夫子自道，将边吃边读、潇洒度夏的入迷情状，展示得活灵活现。正是这种"书痴"的精神，此后造就了他非凡的文学地位。杨梅亦是夏日时节的鲜美果品，清代文人金农在《蔬果十种》诗中赞曰："登盘此是杨家果，消受山中五月凉。"诗句道出了杨梅的消暑功效。

体现古时夏日情趣的生活细节的还有杨万里《闲居初夏午睡起》的"日长睡起无情思，闲看儿童捉柳花"和白居易《池上早夏》的"慵闲无一事，时弄小娇孙"等这样一些充满生活情趣的诗句。看着邻里孩童玩耍，再逗一逗自家的小孙儿，闲适之情油然而生，心亦随之软成一汪清水，哪里还有什么炎热之感？

"纷纷红紫已成尘，布谷声中夏令新。"（陆游《初夏绝句》）夏日年年岁岁，诗意万古不朽，但愿处在当今社会还有几分喧嚣、全球气候日益变暖环境之下的人们，能够从古诗词中的美好意境中感受一份清凉，找回一份宁静，让浮躁的心降降温，以"心静自然凉"的状态从容面对热力四射的夏日。

金风玉露秋之韵
——中国古代诗词中的如画秋色

　　"时维九月,序属三秋。"秋天,是一个极富诗情画意的浪漫季节。千百年来,我们的古人以无与伦比的才情写下了诸多千古传诵的咏秋诗篇。在这个"金风玉露"的季节里,我们不妨走进古代诗人笔下的秋色之中,去寻觅、去感悟一番大自然带给人类的秋之韵、秋之美……

　　秋日之美在于她的色彩之美。国人喻秋历来有金秋之说,可见人们早就赋予了这个季节与众不同的色彩。能够表现金秋季节色彩之美的古诗,莫过于晚唐杰出诗人杜牧《山行》中那耳熟能详的诗句:"停车坐爱枫林晚,霜叶红于二月花。"或许是因为时代的局限性,古代诗人多感慨秋天的萧瑟凄凉,被"悲秋意识"牢笼束缚的封建文人,往往很难从秋意中发现美。而杜牧却专赏秋色之艳,谓胜于春花。诗人用一个大写的"爱",满心欢喜地赞美了枫叶"红于二月花"。诗人用凝练的语言和出神的笔法,把晚秋时节枫树那红透山林、红遍大地的炫目色彩临摹得极具画面感。吟诵诗句,让人有一种身临其境的感受。明代诗人张元凯笔下的"枫桥秋水绿无涯,枫叶满树红于花"的诗句,写出了秋景的绚烂与美丽。秋天的美在于谦让，在于色彩斑斓地迎接来年的新绿。其实，写秋景之美的古诗词还有不少，如刘禹锡《秋词二首》中的"山明水净夜来霜，数树深红出浅黄"、唐人黄巢《不第后赋菊》中的"冲天香阵透长安，满城尽带黄金甲"、苏轼《赠刘景文》中的"一年好景君须记，正是橙黄橘绿时"等诗词佳句，都把秋天的绚烂美景渲染得五彩缤纷。然而，同样的季节，在不同的空间未必也都是"万山红遍，层林尽染"的单一色调。同样是杜牧的诗句，在《寄扬州韩绰判官》一诗中，诗人又把读者带入另外一种意境："青山隐隐水迢迢，秋尽江南草未凋。"青山连绵不断，江水源远流长，虽然已是深秋时节，可江南大地的芳草不仅没有枯萎，依然还是一片碧绿。诗人从大处落墨，由远及近，描绘出一幅秋景江南的水墨画卷。宋代文学大家范仲淹笔下的秋色亦别有一番意境：

　　碧云天，黄叶地。秋色连波，波上寒烟翠。

　　寥寥数语，作者把水天之间、秋波之上的色彩描摹得层次分明、画中有画。此外，李白的"人烟寒橘柚，秋色老梧桐"、女词人李清照的"湖上风来波浩渺，秋已暮，红稀香少"、宋末元初诗人黄庚"十分秋色无人管，半属芦花半蓼花"等诗句，均从不同的视角表现了秋季独具韵味的缤纷色彩，抒发了诗人对秋天景色的由衷赞美。

　　秋日之美还在于她的意境之美。笔者以为，秋日意境之美，美就美在它的辽阔深邃。而最能诠释这一意境的，是唐人王勃的"落霞与孤鹜齐飞，秋水共长天一色"这两句诗。诗人以极其宽阔的视野和唯美的文字表现了水天一色、和谐自然的壮美场景，读之令人拍案叫绝。山水田园诗人王维《山居秋暝》中有著名诗句：

空山新雨后，天气晚来秋。

明月松间照，清泉石上流。

　　小诗格调高雅，意境深远，写出了隐居环境的恬静，山雨过后的清新，秋日气候的凉爽，白日向晚的安宁，字里行间弥漫着一股幽深明洁的气息。宋代诗人寇准在《书河上亭壁》中吟道："萧萧远树疏林外，一半秋山带夕阳。"作者寄情于景，勾勒出一幅意境别样的画卷，尤其是这后一句极富诗意，一半的秋山沐浴着柔和的斜阳。至于那一半未照及阳光的秋山，诗中没有提及，由此给读者留下了丰富的遐想空间。唐代诗人韩翃在《题苏公林亭》中的"万叶秋声里，千家落照时"的诗句，把个秋风落叶、夕阳人家的景色描摹得极富诗情画意。宋人林逋《秋江写望》中对秋色也有别具特色的描写：

苍茫沙嘴鹭鸶眠，片水无痕浸碧天。

最爱芦花经雨后，一篷烟火饭鱼船。

　　诗句中的"鹭鸶眠""水无痕"，把秋日幽静、恬淡的气氛描写得非常到位。秦观《秋日三首》其二中"风定小轩无落叶，青虫相对吐秋丝"的诗句，别开生面地以两只小虫相对吐丝的细节，描写了秋日的静谧，诗句小中见大，情境妙不可言，俨然是一幅信手拈来的写生图。

　　秋日之美又在于她的萧瑟之美。秋天，没有春天的蓬勃，也无夏日的热烈，更缺少冬季的冷艳。但秋天所特有的韵味和意境，是其他任何一个季节所不能比拟的。出自唐人张继《枫桥夜泊》诗中的名句：

月落乌啼霜满天，江枫渔火对愁眠。

姑苏城外寒山寺，夜半钟声到客船。

　　这首诗把秋意萧瑟的诗境刻画得淋漓尽致,诗句所表现的艺术美感是其他同类作品所无法企及的。白居易曾有两首描写秋日萧瑟之美的佳作。一首是《一叶落》:

　　　　烦暑郁未退,凉飙潜已起。
　　　　寒温与盛衰,递相为表里。
　　　　萧萧秋林下,一叶忽先委。
　　　　勿言微摇落,摇落从此始。

诗的大意是,夏日的炎热还未消退,寒凉之意已经悄悄兴起。寒冷与炎热交替袭来,在秋日的树林中,一片叶子轻轻落下。有一句话叫"一叶落而知秋",诗人因此平添了几许伤感。整首诗有着对时间流逝的感叹,有对萧瑟秋日的忧伤。诗歌笼罩在一种淡淡的伤感之中,表现了一种凄清的秋日之景。另一首是《暮江吟》,诗中写道:

　　　　一道残阳铺水中,半江瑟瑟半江红。

　　　　可怜九月初三夜,露似珍珠月似弓。

诗中的"残阳""瑟瑟""可怜"等语句,把个秋日萧瑟的氛围烘托到了极致。

更加难能可贵的,即便是在萧瑟肃杀的秋季,古人们依然能够保持一种积极向上的诗情,而并未颓废消沉。诗人李商隐先在暮秋时节感叹"秋阴不散霜飞晚",似给人一种别样的惆怅与伤感;然而后一句"留得枯荷听雨声",却又把读者带入了一个新的情境。水中荷叶虽已残谢,却还留下几片枯叶让人倾听秋雨洒落、雨珠滴答的清脆声响。吟诗悟境,让人在萧瑟清冷之中找回某种乐趣和慰藉。刘禹锡一生命运多舛,但他身处逆境,始终不失青云之志,在被贬的秋日里,在《秋词二首》里挥笔写道:

　　　　自古逢秋悲寂寥,我言秋日胜春朝。

　　　　晴空一鹤排云上,便引诗情到碧霄。

　　　　山明水净夜来霜,数树深红出浅黄。

　　　　试上高楼清入骨,岂如春色嗾人狂。

　　在诗人的眼里，纵然是萧萧暮秋，依然不失那样一种苍凉和壮美。作者借黄鹤飞天冲霄，表现了奋发进取的豪情和豁达乐观的情怀，赋予了读者智慧和达观的人生态度，唱出了一曲非同凡响的秋之歌。作品的艺术感染力极强，阅读之后，让人释怀，让人坦然。后一首的前两句写秋天的自然景色，明净通透，红黄相间，色彩鲜明，以此流露出高雅恬淡的情韵。谓予不信，试上高楼一望，便使人感到清澈入骨，思想澄净，心情肃然深沉，不会像繁华浓艳的春色，叫人轻浮。这两首即兴诗，既有哲理意韵，也有很强的艺术魅力，发人深思，耐人吟咏，堪称古诗词中的经典之作。

　　秋色年年岁岁，诗意万古不朽。从古典诗词的美妙意境回到现实之中，千年时空穿越，历史沧桑巨变，一切皆已物是人非。诚如一代伟人毛泽东所言："萧瑟秋风今又是，换了人间。"但笔者以为，无论时代如何变迁，中华古典诗词的独特艺术魅力以及蕴含其中的文化精神，将化作永恒。

千树万树梨花开

——中国古代诗词中的皑皑冬雪

雪的洁白,是冬天的标志性颜色,冬日之美,离不开雪的装扮。那么,冬天的雪到底有多美? 我们不妨在有关描写雪的古诗词中,去认识、发现冬雪的纯洁之美。

冬雪之美,在于它用洁白的身躯装点了如画的江山。唐代著名诗人元稹在《使东川·南秦雪》中写道:"千峰笋石千株玉,万树松萝万朵银。"诗人以丰富的想象力描摹出了一派冰雪世界。那远处的山峰,既像石笋,但又像一根根美玉那样晶莹剔透,漫山遍野的松树枝叶上层层叠叠地落满了雪花,宛如天上的朵朵白云。天上人间,浑然一体,令人目不暇接,美不胜收。

唐人高骈在《对雪》一诗中道:

六出飞花入户时,坐看青竹变琼枝。

如今好上高楼望,盖尽人间恶路岐。

  坐在窗前的诗人，迎着飞舞入窗的六出飞花（因雪花的形状是六角形的，故古人将雪花称为"六出飞花"），看着窗外的一竿竿青竹变成了洁白如玉的琼枝，整个世界都变得通透明亮了。诗人由此想到，此时如果登上高楼观赏野景，那野外一切崎岖坎坷的道路都将被大雪覆盖，呈现在眼前的将是辽阔无边的洁白世界。诗人借景抒怀，希望白雪能掩盖住世上一切丑恶的东西，让世界变得与雪一样洁白美好。

  李白在《北风行》中的诗句"燕山雪花大如席，片片吹落轩辕台"则展现了一种大气之美，作者以气势磅礴的笔法描写了燕山的雪花有"席"那么大。这里固然有夸张的成分，但细细想来，燕山地处河北平原的北端，寒冬季节落下如此大雪，倒也在情理之中。读着李太白的诗句，让人不禁想到了一代伟人毛泽东笔下大气磅礴的"北国风光，千里冰封，万里雪飘"的壮美诗句。

  冬雪之美，还在于它的别称和意境之美。冬日之雪的意境往往来自古人对雪的各种富有诗意的别称：白居易把雪比作"玉尘"，在《酬皇甫十早春对雪见赠》诗中有"东风散玉尘"的诗句；杨万里则将雪喻为"银粟"，在其所作《雪冻未解散策郡圃》中留下了"独往独来银粟地"

的佳句;唐代诗人吕岩更是极富想象力地称雪为"玉龙",其诗作《剑画此诗于襄阳雪中》中有"岘山一夜玉龙寒"的描述,不知云南丽江终年积雪的玉龙雪山与此诗句是否存在关联。南宋词人吕本中在《踏莎行》中认为冬雪和蜡梅有相似之处:"雪似梅花,梅花似雪。似和不似都奇绝"。花魂雪魄,同冰清玉洁;雪白梅洁,皆圣洁高雅。赏雪闻香,令人悦目赏心。纷纷扬扬飘洒的雪像梅花一样洁白,凌寒怒放的梅花又像雪一般晶莹。无论冬雪和蜡梅像不像,都是一样的绝美。这确实是种神奇的境界。

雪的形象和生命往往是短暂的,一旦处在温暖的阳光照射之下,雪又会以另外一种存在形式,无影无踪地淡出人们的视野。但人世间万事万物都不是绝对的,雪也有化作永恒的时候,祖咏《终南望余雪》中的"积雪浮云端"和杜甫的《绝句》中"窗含西岭千秋雪"的描述,无疑是人们期待四季赏雪的索引。

雪又具有不事张扬、低调于世的性格。它从天而降的时候无声无息,化作滋润万物的春水之时依旧悄然无声,这种甘愿忍受孤独与寂寞的品格,我们是否可以从柳宗元的《江雪》里"孤舟蓑笠翁,独钓寒江雪"的诗句之中感受一二呢?"孤舟""独钓""江雪"所展示的画面和意境,分明是一种孤独的美,一种冷峻的美。

冬雪之美,还在于它在寒冬的季节里传递了春天的讯息。严冬过去是春天,而漫天飘洒的雪花,不仅装点了江山,滋润了大地,还传递了春天即将到来的讯息。初唐诗人宋之问在《苑中遇雪应制》中"不知庭霰今朝落,疑是林花昨夜开"的诗句,以自问自答的口吻表达了作者喻雪为花的喜悦。

韩愈在《春雪》中曰:"白雪却嫌春色晚,故穿庭树作飞花。"这便是作者在寒冬将尽的季节里,以浓烈的浪漫主义色彩幻化出来的早春意象。在这里,雪花仿佛有了灵性,因为嫌春色姗姗来迟,才"作飞花"

"穿庭树"纷飞而来。这种翻因为果的写法,大大增强了诗词的意趣,可谓神来之笔。

其实古人把白雪喻作报春使者的诗句并不鲜见。唐人岑参《白雪歌送武判官归京》一诗中的前四句写道:"北风卷地白草折,胡天八月即飞雪。忽如一夜春风来,千树万树梨花开。"诗人以比喻的手法,描写了北国大地突降大雪的情形。这一片白雪皑皑、银装素裹的景象,就好比一夜春风吹开了大片大片的梨花。如此奇妙而又贴切的比喻,非常形象生动地描绘出了北方的雪景。其"千树万树"的形容不仅给人以强烈的视觉冲击,也给寒冷的冬天抹上了一层暖暖的色调,因为漫山遍野的梨花都竞相开放了,春天离我们还会远吗?

无限风光在险峰
——中国古代诗词中的名山大川

中国古代文人对名山大川的热爱，既是一种情结，也是一种文化。经典优雅的诗文与雄伟壮阔的名山大川相映生辉，构成中国古典文学史上一道独特的风景。而且许多山川因为有了文人留下的诗文而愈加声名远播，同时也有了更加厚重的文化底蕴。从古至今，"一位诗人创造一个景点，一篇诗文造就一处名山"的事例实在不少。游名山大川，赏千古名句，无疑使得本来有几分辛劳而又枯燥的旅游增添了些许诗意。

具有五千年璀璨文明史的神州大地，山河壮丽，风光无限。在这片辽阔的土地上，有着许许多多享誉世界的名山大川。这些巍峨耸立的山川一方面向世人展现着它的壮阔与大美，另一方面又承载着源远流长的华夏文明。说到国内众多知名的山岳，最具代表性的莫过于国人早就熟悉的"三山五岳"了。"三山"即黄山、庐山、雁荡山，"五岳"则为家喻户晓的东岳泰山、西岳华山、南岳衡山、北岳恒山以及中岳嵩山。

　　驰名中外、闻名遐迩的黄山有"天下第一奇山"的美誉。黄山列入了世界自然与文化双重遗产和世界地质公园的名录,是国家 5A 级旅游景区和国家级风景名胜区,也是中国十大风景名胜中唯一的山岳风光。黄山 72 峰中的主峰莲花峰 1864 米,与光明顶、天都峰并称黄山三大主峰。黄山集众多名山之长,兼具泰山之雄伟,华山之险峻,衡山之烟云,庐山之飞瀑,雁荡山之巧石,峨眉山之秀丽。代表景观有"四绝三瀑":四绝为奇松、怪石、云海、温泉;三瀑为人字瀑、百丈泉、九龙瀑。黄山无峰不石,无石不松,无松不奇。尤其是黄山迎客松是安徽人民热情友好的象征,承载着拥抱世界的礼仪文化。

　　明朝旅行家徐霞客登临黄山时赞叹:"薄海内外之名山,无如徽之黄山。登黄山,天下无山,观止矣!"此话被后人引申为"五岳归来不看山,黄山归来不看岳"。这大概是黄山对国内外游人最富吸引力的广告词了。李白曾写下了"黄山四千仞,三十二莲峰"的诗句。初唐时期著名诗人虞世南在《奉和幽山雨后应令》诗中如此赞美黄山:

> 肃城邻上苑,黄山迩桂宫。
> 雨歇连峰翠,烟开竟野通。
> 排虚翔戏鸟,跨水落长虹。
> 日下林全暗,云收岭半空。
> 山泉鸣石涧,地籁响岩风。

　　整首诗所呈现的烟雨、长虹、云雾、山泉、飞鸟等多种自然元素,有一种令人目不暇接的感觉。读者眼前展现的是一幅黄山雨后的大美景色,因而诗词有很强的画面感。

　　庐山又名匡庐,其东偎婺源、鄱阳湖,南靠滕王阁,西邻京九大动脉,北枕滔滔长江。庐山素以雄、奇、险、秀闻名于世,素有"匡庐奇秀

"甲天下"之美誉。世纪伟人毛泽东曾以"一山飞峙大江边,跃上葱茏四百旋""天生一个仙人洞,无限风光在险峰"诗句,激情豪迈地赞美了庐山的绮丽风光。

说到描写庐山的古诗词,就不能不提脍炙人口的李白《望庐山瀑布》一诗:

> 日照香炉生紫烟,遥看瀑布挂前川。
> 飞流直下三千尺,疑是银河落九天。

这首诗雄奇瑰丽,气势不凡。尤其是最后一句"疑是银河落九天"这一比喻,奇特而又夸张,新颖而又形象,从而振起全篇,使得庐山瀑布的整体形象变得更为丰富多彩,既给人留下了深刻的印象,又给人以想象的余地,显示出李太白那种"万里一泻,末势犹壮"的艺术风格。

三山之一的雁荡山,又名雁岩、雁山。因山顶有湖,芦苇茂密,结草为荡,南归秋雁多宿于此,故名雁荡。雁荡山以山水奇秀闻名,素有"海上名山""寰中绝胜"之誉,史称中国"东南第一山"。雁荡山主体位于浙江省温州市东北部海滨,小部分在台州市温岭南境。2005年雁荡山被评为"世界地质公园"。雁荡山形成于一亿二千万年以前。《载敬堂集》记载,雁荡山"以瓯江自然断裂,分北雁荡山和南雁荡山"。其开山凿胜始于南北朝,兴于唐,盛于宋。历代文人墨客曾先后莅临雁荡山并留下大量珍贵墨迹,五代僧人愿齐曾写道:

> 云作轻帏水作帘,结庐高处草纤纤。
> 玄猿不到鹤无语,一枕烟霞梦觉恬。

这首诗把雁荡山的特征作了形象化的描写。此外,南朝谢灵运还有诗云："千顷带远堤，万里泻长汀。"宋朝王十朋也写道："十里湖山翠黛横，两溪寒玉斗琼玲。"作为我国历史悠久的"寰中绝胜""天下奇秀"的名山，雁荡山自有其他名山大川所不具备的山水美学特征，由于其具有复杂的地形以及丰富的景象和一景多象等景观特点，所以雁荡山留给世人最突出的印象还是"奇"。

三山之后当是五岳，五岳之首便是东岳泰山。位于山东省中部的泰山有"中华国山"之美誉，其雄伟磅礴的气势，是华夏民族泱泱大国的象征，是灿烂东方文化的缩影。大诗人杜甫的《望岳》，则写出了泰山的雄奇与作者对祖国山河的无限热爱之情：

> 岱宗夫如何？齐鲁青未了。
> 造化钟神秀，阴阳割昏晓。
> 荡胸生层云，决眦入归鸟。
> 会当凌绝顶，一览众山小。

诗的大意为：五岳之首泰山的景象怎么样？在齐鲁大地上，那青翠的山色没有尽头。大自然把神奇和秀美都赋予了泰山，泰山是天地间神秀之气的集中所在。泰山巍峨高大，山南和山北被分割成一明一暗，判若早晨和黄昏。山间层层云霭雾气升腾，令人心胸激荡，凝神远望，目送着山中飞鸟归林。一定要登上泰山的顶峰，那时再去俯瞰群山，座座山峰在眼中是多么渺小。诗的尾联"会当凌绝顶，一览众山小"，化用了孔子"登泰山而小天下"的名言，这两句堪称经典名句，这里所表达的不仅是诗人要攀登泰山极顶的誓言，也是诗人要攀登人生顶峰的决心，反映了诗人远大的志向、崇高的理想、开阔的胸襟和不怕困难、敢于攀登高峰、俯视一切的雄心气概。此两句千古传诵的诗句，至今仍能引起一切有志之士强烈的共鸣，激励人们登高望远，放眼全局,不断进取。除了杜甫这首赞美泰山的代表作之外,古诗词中写泰山的诗句可谓不少,如出自谢灵运笔端的"泰宗秀维岳,崔崒刺云天"、晋人陆机形容的"泰山一何高,迢迢造天庭"以及元代诗人贾鲁写下的"岱宗何崔嵬,群山无与比"等诸多诗文,均无一例外地对东岳之雄的特征作了形象生动的描写。

西岳华山南接秦岭,北瞰黄渭。自古以来,华山就有"奇险天下第一山"的美誉。华山是中华民族的圣山,据清代国学大师章太炎和历代专家学者考证:华夏民族最初形成并居住于"华山之周",名其国土曰华,其后人迹所至,遍及九州,华之名始广。中华之"华",源于华山,由此,华山有了"华夏之根"之称。古诗中描写华山的诗句比比皆是,唐代诗人张乔的《华山》就是其中的一首:

> 谁将倚天剑,削出倚天峰。
> 众水背流急,他山相向重。
> 树黏青霭合,崖夹白云浓。
> 一夜盆倾雨,前湫起毒龙。

诗的首联从发问起笔,是谁用倚天长剑削成这样高耸陡峭的山峰?首先即道明了华山之险的特征。之后几联的大意为:众多河流在山后奔腾湍急,附近群山相对耸峙,树木间飘荡着青色的岚霭,岩缝中升起厚厚的白云。一夜倾盆大雨之后,山前水潭的瀑布好似惊人的巨龙。

宋人寇准的《咏华山》一诗可谓即景即情,通俗易懂:

> 只有天在上,更无山与齐。
> 举头红日近,回首白云低。

整首诗近乎白话，尤其是后两句写得形象而又夸张：抬起头来向上看，只觉得红日是那样的近，回过头来往下看去，白云就变得很低了。由此突出了华山的高峻陡峭，气势不凡。

南岳衡山又名寿岳、南山，是著名的道教和佛教圣地。衡山有回雁峰、祝融峰、岣嵝峰等 72 群峰，层峦叠嶂，气势宏伟，素以"五岳独秀""宗教圣地""中华寿岳"著称于世。大诗人李白在《与诸公送陈郎将归衡阳》诗中曰：

衡山苍苍入紫冥，下看南极老人星。
回飙吹散五峰雪，往往飞花落洞庭。
气清岳秀有如此，郎将一家拖金紫。

这是一首描写衡山美景的诗篇。一、二句意为：衡山在夜色下愈显苍翠，从山上可以俯视着南方升起的老人星。剧烈旋转的风吹散了南岳五峰上的积雪，雪片如轻絮的花儿飘落到了洞庭湖。在这样清爽的气氛下，山岳显得更加秀气俊美，陈郎将一家都披上了铠甲。

李太白写的是衡水的景，而世称"河东先生"的柳宗元在《过衡山见新花开却寄弟》一诗中则借景抒发了内心的情：

故国名园久别离，今朝楚树发南枝。
晴天归路好相逐，正是峰前回雁时。

这首诗是诗人在经历十年谪居，终于等到了还京的诏命，为表达归心似箭的心情而写的一首诗作，因而通篇洋溢着枯木逢春的喜悦及期盼之情。首句写思归故乡即长安的热切心情，次句以楚树新花象征人生有了新的机遇、新的希望，三、四句敦促其弟也快点起程。由于心情好,就觉得天气也好,路况也好,而且恰逢大雁回归,这无疑又是一个好的兆头。诗人用欢快的语气掩盖住了十年谪居的酸楚。其实诗人哪里知道,其再贬柳州的命运正等着他。在后人看来,诗人天真得近乎可爱。

位于山西大同市浑源县南的北岳恒山,是中国著名的"道家名岳""道教名山"。其东西绵延五百里,锦绣108峰,主峰天岭峰2017米。恒山横跨晋、冀两省,它西衔雁门关,东跨太行山,莽莽苍苍,横亘塞上,被誉为"塞外第一山"。唐代诗人贾岛在《北岳庙》中曰:"天地有五岳,恒岳居其北。岩峦叠万重,诡怪浩难测。"诗词除了描写出恒山的层峦叠嶂与雄浑气势之外,还给恒岳蒙上了几分神秘的色彩。

恒山景观之最当属始建于北魏晚期的悬空寺。该寺建于恒山金龙口西崖悬崖峭壁上,全寺均在陡崖上凿洞插悬梁为基支撑建筑。对于这一建筑奇观,曾有诗句描写道:"双峰对峙水中流,绿树松涛古寺幽。更有峭壁悬空寺,千古一绝传九州。"

中岳嵩山因其位于左岱(泰山)右华(华山)的位置而得名。嵩山雄踞河南省西部,地处登封市西北面,东临省会郑州,西接古都洛阳,属伏牛山系。嵩山总面积为450平方公里,由太室山和少室山组成,共有72峰,最高海拔1512米。嵩山北瞰黄河、洛水,南临颍水、箕山。2004年2月,嵩山被联合国教科文组织列入世界地质公园名录。嵩山具有深厚的文化底蕴,是中国佛教禅宗文化的发祥地和道教圣地,更是神仙相聚对话的洞天福地。千百年来,曾有三十多位皇帝、一百五十多位著名文人到此探访。《诗经》有"崧高维岳,骏极于天"的名句。明末清初的著名学者顾炎武《嵩山》一诗的首联"位宅中央正,高疑上界邻",便将嵩山位居华夏之中的方位和雄伟的气势,鲜明地勾画了出来。唐代诗人王维的《归嵩山作》便是一首以情寄情的五言律诗:

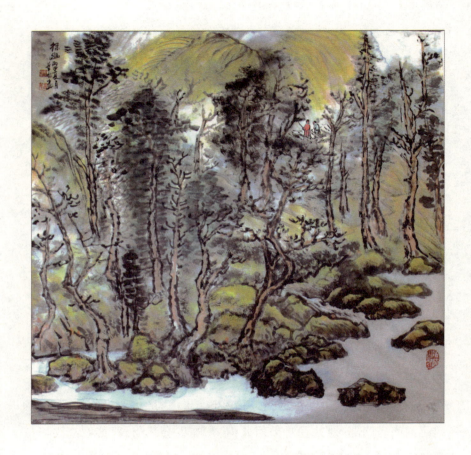

清川带长薄,车马去闲闲。

流水如有意,暮禽相与还。

荒城临古渡,落日满秋山。

迢递嵩高下,归来且闭关。

　　首联写的是作者出发的情景;颔联从字面上看是写水写鸟,实际上乃托物寄情,写自己归山悠然自得的心情,犹如流水顺势而下,禽鸟至暮而归那样自然;颈联是以"荒城古渡""落日秋山"这样一种颇显萧瑟苍凉的场景,来反映诗人感情上的波折变化;尾联写山之高,点明作者的归隐地点和归隐宗旨。全诗质朴清新,自然天成,尤其是中间两联,移情于物,寄情于景,意象疏朗,感情浓郁。整首诗不见斧凿之迹,完全是随意写来,却得精巧蕴藉之妙。

其实,华夏大地之上的名山大川除了"三山五岳"之外,还有号称"四大佛教名山"的五台山、普陀山、峨眉山、九华山,这四大佛教名山分别是文殊菩萨、观世音菩萨、普贤菩萨、地藏王菩萨的道场。

位列佛教四大名山之首的五台山位于山西省忻州市五台县境内,素有"金五台""银峨眉""铜普陀""铁九华"之称。同时,五台山还与尼泊尔蓝毗尼花园以及印度的鹿野苑、菩提伽耶、拘尸那迦并称为世界五大佛教圣地。

明代文学家陆深在《游五台》中写道:

五云常覆五台端,天近清都特地寒。

涧道千年冰未化,林梢一夜雨初干。

黄河紫塞依依见,碧殿朱楼面面看。

万壑千岩清未了,更从高处望长安。

整首诗把五台山所处的自然气象和地理方位特征以及自身所具有的宏伟与气势刻画得非常到位,尤其是"黄河紫塞依依见"与"更从高处望长安"这两句,更是大气磅礴、高屋建瓴。

普陀山是舟山群岛千余个岛屿中的一个小岛,面积近 13 平方公里,形似苍龙卧海,与舟山群岛的沈家门隔海相望。作为首批国家重点风景名胜区,普陀山素有"南海圣境"之称,并以其神奇、神秘、神圣而享誉中外。

晚清时期著名人物康有为诗曰:

观音过此不肯去，海上神仙涌普陀。

楼阁高低二百寺，鱼龙轰卷万千波。

　　诗句描摹了普陀山"海天佛国"的特征，使人感受到了"海上有仙山，山在虚无缥缈间"的意境。

　　峨眉山是世界自然与文化双重遗产。作为中国四大佛教名山之一，峨眉山景区面积达 154 平方公里，其山势雄伟陡峭，其最高峰万佛顶海拔 3099.5 米。峨眉山气候多样，植被丰富，风景秀丽，有"秀甲天下"之美誉。大诗人李白对峨眉山情有独钟，曾写下多首赞美峨眉的诗句。在《登峨眉山》中写道"蜀中多仙山，峨眉邈难匹"，意即蜀国有很多仙山，但都难以与绵邈的峨眉相匹敌。在《峨眉山月歌》中有"峨眉山月半轮秋，影入平羌江水流"的诗意描写，这是在一个云淡风轻的秋夜，诗人从平羌江乘舟顺流而下，峨眉山上的半轮秋月悬挂在幽美静谧的夜空，皎洁的月影倒映在静静流淌的江水中，伴随着诗人远去的行舟，与江水一起流向远方。

　　九华山位于安徽省池州市青阳县境内，古称"陵阳山""九子山"，因有九峰形似莲花，因此而得名。九华山景区方圆百公里内有 99 峰，主峰十王峰海拔 1344.4 米，山上至今还保留着清乾隆皇帝御赐金匾"东南第一山"。九华山文化底蕴深厚，晋唐以来，陶渊明、李白、杜牧、苏东坡、王安石等文坛大家曾先后游历于此，尤其是大诗人李白三上九华山，写下了数十首赞美九华山的不朽诗篇，其中尤以"妙有分二气，灵山开九华"的诗句，成了九华山的"定名篇"。除此而外，在众多有关九华山的古诗中，宋人丁谓的《九华山》颇具特色：

宿月鸥凫立浅沙，落花芦荻露人家。

天寒夜静长无物，一片清江浸九华。

月光下,鸥鸟站在沙滩之上,花落之后的芦苇丛中露出几户人家的房屋,长天寒夜下江水映照着九华山的夜影。诗句情境优美,意象鲜明,给人一种异常宁静而又富有诗意的意境。

其实,华夏大地之上的名山大川还远不止上述"三山""五岳"及"四大佛教名山",有着"福建第一名山"的武夷山,在海内外同样声名远播,誉满天下。武夷山属典型的丹霞地貌,作为国家重点风景名胜区,武夷山同样列入了世界自然和文化双重遗产名录。尤其是在生物多样性保护方面,武夷山有着地球同纬度地区保护最好、物种最丰富的生态系统。其景区中最有代表性的景观大概要属九曲溪了,这条溪水发源于森林茂密的武夷山自然保护区,62.8公里的溪流贯穿武夷山整个景区。南宋抗金名将李纲有诗曰:

> 一溪贯群山,清浅萦九曲。
> 溪边列岩岫,倒影浸寒绿。

提及武夷山,就不得不提名茶大红袍。作为名茶的原产地,武夷山与大红袍密不可分,武夷山成就了大红袍茶,而大红袍又使得武夷山具有了更强的影响力和吸引力。范仲淹在《武夷茶歌》中对大红袍茶予以了赞誉:

> 年年春自东南来,建溪先暖冰微开。
> 溪边奇茗冠天下,武夷仙人从古栽。

除此而外,地处湖北,被尊为至高无上的"皇室家庙"的武当山,因拥有众多的古建筑而闻名于世。对于这一景观,明人洪翼圣在《武当道中杂咏》诗中曰:"五里一庵十里宫,丹墙翠瓦望玲珑。楼台隐映金银气,林岫回环画境中……"位于江西上饶,有"中国最美五大峰林"之美誉的三清山,有着引人入胜的自然美,宋人吴沆在题为《三清山》的诗中描绘了"光摇一碧回环水,翠挹三清远近山"的美景。坐落于成都市都江堰西南的青城山,享有"青城天下幽"的称谓,大诗人杜甫对青城山钟爱有加,曾写下了"自为青城客,不唾青城地。为爱丈人山,丹梯近幽意"的诗句。位于秦岭中断,有"洞天之冠"和"天下第一福地"美称的终南山,是道教文化的发祥地,民间楹联"福如东海长流水,寿比南山不老松"中的南山即指终南山,李白也曾赋诗赞誉:"出门见南山，引领意无限。秀色难为名，苍翠日在眼。"雄踞于安徽省安庆市潜山县西部的天柱山，又名"万岁山""皖公山"（安徽省简称"皖"字即由此而来）。作为大别山的东段余脉——天柱山有着深厚的人文化内涵，隋文帝诏改湖南衡山为南岳之前的 700 年间，天柱山一直拥有着"南岳"的称谓，之后天柱山被称为"古南岳"。除丰富的人文资源之外，天柱山优美的自然景观更是令人目不暇接。白居易诗曰："天柱一峰擎日月，洞门千仞锁云雷。"王安石亦有诗云："水无心而婉转，山有色而环围。穷幽深而不尽，坐石上以忘归。"这些诗文讴歌了天柱山的雄奇壮美，至今让人低回吟诵，浮想联翩。

"青山依旧在，几度夕阳红。"华夏大地上为数众多、绵延起伏的名山大川，无疑难用一篇短文所囊括，还是让我们带着美好的诗意走进秀美山川之中，用心去感受"江山如此多娇"的瑰丽意境，以进一步激发对祖国大好河山的自豪之心和挚爱之情，并以实际行动把上苍赐予我们的这份生态资产呵护好，传承好。

百般红紫斗芳菲
——中国古代诗词中的百花芬芳

　　中国的咏花诗词由《诗经》初见端倪，到《楚辞》逐渐形成以"花"喻人的诗风与意境。唐宋时期，咏花诗词的创作更是走向了巅峰。赏花、咏花，几乎成为那个时代文人墨客一种普遍的文化时尚。

　　在这"春色满园关不住""百般红紫斗芳菲"的美好季节，我们不妨穿越千年的时空隧道，再次走进中国古代诗人笔下姹紫嫣红的百花园中，重新去品味一番那流淌在字里行间的千古芬芳。

　　说到古诗文中所吟咏的花卉，首先当推盛唐时期即为"国花"的牡丹。牡丹聚天地之灵气、日月之秀色、万卉之姿韵而为天下奇，素有"百花之王""国色天香"之美誉。其雍容华贵的王者之风、艳冠群芳的丰腴之美，传递出磅礴的春天气息，极具大国盛世精神。提及历代有关牡丹的诗篇，当数唐代大诗人刘禹锡那首风流倜傥的《赏牡丹》为最。诗曰：

　　　　庭前芍药妖无格，池上芙蕖净少情。

唯有牡丹真国色,花开时节动京城。

诗人以一个"动"字,生动地记录了牡丹花开时节长安倾城观赏、花海人潮的景象。此外,唐代还有许多吟咏牡丹的传世佳作,如皮日休赞誉牡丹:

落尽残红始吐芳,佳名唤作百花王。
竞夸天下无双艳,独立人间第一香。

另一位唐代诗人徐凝在诗中写道:

何人不爱牡丹花,占断城中好物华。
疑是洛川神女作,千娇万态破朝霞。

宋代词人邵雍也在《牡丹吟》中写道:

牡丹花品冠群芳，况是期间更有王。

四色变而成百色，百般颜色百般香。

总之，诸多名篇佳作将牡丹国色天香、王者之美的气质风韵烘托到了极致。

"春为一岁首，梅占百花魁"，在二十四番花信风中，梅花是"东风第一枝"。宋代选择梅花为国花，因而这个时期涌现了一大批咏梅佳作。其中尤为值得一提的，是宋代诗人林逋在他的诗作《山园小梅》中"疏影横斜水清浅，暗香浮动月黄昏"的传世佳句，极为传神地描绘了黄昏月光下、山园小池边梅花的神态意象。作者虽然没有直接写梅，却通过池中梅花淡淡的"疏影"以及月光下梅花清幽的"暗香"，营造了一个动与静、视觉与嗅觉共同组合的意境。"疏影""暗香"巧妙地捕捉到梅花的神韵，之后此两句便成了梅的代名词。

北宋之后在古代文学界广为流传的王安石的《梅花》，亦属咏梅诗中的上乘之作：

墙角数枝梅，凌寒独自开。

遥知不是雪，为有暗香来。

这首诗末句含不尽之意于言中，可谓"不着一字，尽得风流"。宋代著名女文学家李清照对梅花情有独钟，借梅喻人，以梅抒怀，写出许多流芳千古的咏梅佳作。如《渔家傲》：

雪里已知春信至，寒梅点缀琼枝腻。香脸半开娇旖旎，当庭际，玉人浴出新妆洗。

作者用拟人的手法，亦花亦人地将寒梅冰清玉洁、超群脱俗的品格描述得形神兼备、惟妙惟肖。南宋伟大爱国诗人陆游是咏梅高手，在《卜算子·咏梅》一词中赞誉梅花：

> 无意苦争春，一任群芳妒。零落成泥碾作尘，只有香如故。

这首词以物我融合的境界，用清俊的语言，白描的手法，形象地写出梅之姿、梅之香，因而极具文学审美价值。正是对于梅花的情有独钟，诗人还率真地幻想自己能够"何方可化身千亿"，以实现"一树梅花一放翁"的美好愿望。

菊为花中"四君子"之一，其凌寒傲霜的品格赢得历代文人雅士的赞誉，因而便有"自古诗家爱菊花"之说。晋代大诗人陶渊明一生偏爱菊花，其笔下的名句"采菊东篱下，悠然见南山"可谓脍炙人口，家喻户晓。中唐时期著名诗人元稹的《菊花》，大概算得上咏菊古诗中的代表作之一：

> 秋丛绕舍似陶家，遍绕篱边日渐斜。
> 不是花中偏爱菊，此花开尽更无花。

尤其是这后两句诗，解释自己"偏爱菊"的原因，其绝妙之处，乃是以否定的方式，加强了肯定的意味，"不是偏爱"却"正是偏爱"。别出新意，笔法巧妙。其中的爱菊之由意境深远，令人回味无穷。重阳赏菊是自古以来的习俗，宋人范成大在诗中写道：

> 寂寞东篱湿露华，依前金靥照泥沙。

世情儿女无高韵，只看重阳一日花。

在诗人眼中，菊花品性高洁，凌霜露而盛开，其逆境中顽强不息、积极向上的精神值得人们学习。朱淑真在《黄花》中点赞菊花"宁可抱香枝上老，不随黄叶舞秋风"。古人以菊论理，昭示后人宁折不弯，自保晚节，此番寓意在物质生活富足的当下，尤其值得借鉴和领悟。

荷花"出淤泥而不染，濯清涟而不妖，中通外直，不蔓不枝，香远溢清"的品格，历来是高尚品格的象征。古代文人笔下的荷花，文化情韵与亭亭玉姿交相辉映，曼妙无限。大诗人李白曾写过一首清新婉转的咏荷短歌：

涉江弄秋水，爱此荷花鲜。
攀荷弄其珠，荡漾不成圆。

在描写荷花的古诗中，南宋著名诗人杨万里的《晓出净慈寺送林子方》堪称名作，小诗对夏日西湖荷花独特的描写，令读者印象深刻：

毕竟西湖六月中，风光不与四时同。
接天莲叶无穷碧，映日荷花别样红。

诗的前两句具体地描绘了"毕竟"不同的风景图画，随着湖面而伸展到尽头的荷叶，与蓝天融合在一起，形成了"无穷"的自然空间，涂抹出无边无际的碧色。在这一片碧色的背景上，又点染出阳光映照下的朵朵荷花，红得那么娇艳、那么明丽。连天"无穷碧"的荷叶和映日"别样红"的荷花，不仅是春、秋、冬三季所见不到，就是夏季也只能在六月荷花开放最旺盛的时期才能看到。吟诗悟境，读者沉浸于诗句里的夏天，从优美隽永的诗句中想象荷花之美，无疑会感受到一丝舒爽，一份惬意，一份清凉，一份对大自然的美好向往。

还有韩愈的"从今有雨君须记，来听萧萧打叶声"、宋代诗人黄庚的"池塘一段枯荣事，都被沙鸥冷眼看"、清代书法家铁宝游济南大明湖时写下的"四面荷花三面柳，一城山色半城湖"等，都是赞美荷花的千古名句。

其实，古诗文中的咏花诗远不止歌咏牡丹、梅、菊、荷之作，除此之外，还有许多脍炙人口的佳作。如唐代著名贤相张九龄的咏兰诗曾享誉文坛、领军盛唐。他的《感遇十二首》其一更是名噪一时，堪称千古绝唱。其中写道：

> 兰叶春葳蕤，桂华秋皎洁。
> 欣欣此生意，自尔为佳节。
> 谁知林栖者，闻风坐相悦。
> 草木有本心，何求美人折！

吟咏及此，读者仿佛能从短诗的字里行间闻及春兰秋桂的馥郁芬芳。不仅如此，诗的最后两句"草木有本心，何求美人折"更是鲜明地提出了人类要爱护大自然一切生命的朴素生态理念。草木虽无语，但皆有生命，人类应当尊重自然界万事万物生存的权利。这一开明思想，实属难能可贵。

桃花是春天特定的季花，故明代方九功早有诗云："一曲桃园树，平沙十里春。"诗圣杜甫在《江畔独步寻花》中的"桃花一簇开无主，可爱深红爱浅红"两句，也写出桃花争奇斗艳的景象，极具画面感。

唐人崔护《题都城南庄》的诗中写道：

去年今日此门中，人面桃花相映红。

人面不知何处去，桃花依旧笑春风。

作者触景生情，在表达对美好往事追忆的同时，借桃花之美赞誉"人面"之美，使读者感受到了花美与人美的自然和谐。

春花开尽见深红，夏叶始繁明浅绿。初夏时节，石榴花开，绿叶之中，石榴花燃起一片火红，灿若云霞，绚烂炽热，把寻常日子衬托得红红火火、激情四射，因此农历的五月又被雅称为"榴月"。白居易在《题山石榴花》中写道：

一丛千朵压阑干，翦碎红绡却作团。

风袅舞腰香不尽，露销妆脸泪新干。

蔷薇带刺攀应懒，菡萏生泥玩亦难。

争及此花檐户下，任人采弄尽人看。

在诗人眼里，石榴花宛如红绸剪扎而成，又似美人泪后展露芳颜。它不像蔷薇带刺、莲花生于泥淖难以把玩，它就生长在寻常人家的檐户下，任人采撷，任人观赏。

总之，古人笔下姹紫嫣红的百花令人目不暇接。又如，金朝文学家元好问《同儿辈赋未开海棠》中赞美海棠的"爱惜芳心莫轻吐，且教桃李闹春风"，诗人以优雅的文字赋予海棠矜持自重、谦虚不争的品格。此外，宋祁的"红杏枝头春意闹"、高骈的"满架蔷薇一院香"、范成大的"榴花满山红似火"以及司空曙的"纵然一夜风吹去，只在芦花浅水边"等诗句均给后人留下了极为深刻的印象。

洋洋洒洒的咏花古诗，表明了先人们热爱、崇尚自然的生态理念和向往美好事物的炽热情怀。在大力推进生态文明的今天，重新品读鉴赏这些意境深远的诗文,对于提高国人的生态文明素质、促进人与自然的和谐统一,乃至推进美丽中国建设无疑有着积极而又重要的现实意义。

从来佳茗似佳人

——中国古代诗词中的千古茶香

　　茶是中国特有的一种著名饮品,中国茶与埃及的金字塔同龄,与汉字的历史一样悠久。2014 年 4 月初,习近平主席在比利时布鲁日欧洲学院演讲时,以茶和酒喻义东西文明的兼容共荣。"茶的含蓄内敛和酒的热烈奔放代表了品味生命、解读世界的两种不同方式。"

　　中国是"诗的国家",又是"茶的国度"。诗和茶是华夏文明中特有的文化元素。因此,茶很早以前就融入诗词之中,历代的文人墨客也先后创作了许许多多优美的茶诗。古老的诗词歌赋虽然历经千余年,但依然透出一缕缕"茶烟袅细香"(朱熹《茶灶》)的雅趣和芬芳。

奉茶为自然之精灵

　　茶,聚天地之灵气,汲万物之精华。它生于深山,长于幽谷,沐浴了微雨清露,汲取了山灵水秀,故茶集自然界灵气于一身。中唐时期山水田园派诗人的代表人物韦应物在《喜园中茶生》一诗中云：

> 洁性不可污，为饮涤尘烦。
>
> 此物信灵味，本自出山原。

诗中赞美茶的性情纯净，饮茶可以洗涤烦恼。而茶之所以有这般灵气韵味，是因为它原本来自山冈原野，得到大自然阳光雨露的滋润。唐末著名诗僧齐己《咏茶十二韵》中"百草让为灵，功先百草成"，以及五代后晋郑邀《茶诗》中"嫩芽香且灵，吾谓草中英"的诗句，都对茶予以了美好的赞誉。古人之所以奉茶为自然之精灵，概是"仙山灵雨湿行云，洗遍香肌粉未匀"（苏轼《次韵曹辅寄壑源试焙新芽》）的缘故吧。

其实，在对茶的称誉上，古人的想象力远比今人丰富得多。中国的第一部诗歌总集《诗经》中就有"有女如茶"的说法。无独有偶，大诗人苏轼也赋予了茶"从来佳茗似佳人"的爱喻。这于茶实在是一个美丽的赞语。不知是哪位风雅之士，把此语与东坡先生的另一诗句"欲把西湖比西子"作起对来，悬挂在西湖的游艇之上。两句原本并非出自同一诗作的诗句，对仗工整、意境相近，倒也是一件十分有趣的事情。

视茶为生活之必需

中国人历来就有"民以食为天"之说，"粗茶淡饭"是一种生活必需。我的祖籍苏北地区将一日三餐称为"吃茶饭"。"宁可三天无油盐，不可一日不喝茶"，足见国人对于茶的依赖性有多大。"早晨起来七件事，柴米油盐酱醋茶"，早在宋元时期已是民间流行语。明代自称

"江南第一才子"的唐寅,曾吟《除夕口占》一绝:

> 柴米油盐酱醋茶,般般都在别人家。
> 岁暮清闲无一事,竹堂寺里看梅花。

此诗尽管是作者的自我解嘲,但无疑也说明了茶于民生的不可或缺。

喻茶为健康之良友

古人历来认为茶是健康饮品,可以修身养性、陶冶情操、强身健体。茶是境,乃是静。古代茶禅相融,高雅品茶与坐禅修行的情境,可谓异曲同工。当环境幽静、心地安宁时,方可品出茶之意蕴。品茶是融物质与精神于一体的修身养性方式,故古代志存高远的士人名流,往往"心注一境",宁静致远,把茶当一杯心泉,喝的是一种"性灵",养的是一种精神,求的是一种境界。

《神农本草》记载:"茶味苦,饮之使人益思、少卧、轻身、明目。"唐代的刘贞亮总结出"茶可雅志""茶可礼仁""茶可行道""茶可修身"的"茶道"。于是古人常常以茶为范,以茶载道,把"道"寓于品茶之中,使茶性与人性相通,茶品与人品相融,借茶香茶韵,营造出一种淡泊清新的意境。在喧嚣的滚滚红尘之中,以一杯清茶平抑浮躁功利的不良心态,让心灵回归恬淡与宁静。

唐代诗人卢仝被世人称为茶仙,他曾写下过一首盛赞饮茶有诸多好处的《七碗茶诗》:

> ……柴门反关无俗客,纱帽笼头自煎吃。碧云引风吹不断,

白花浮光凝碗面。一碗喉吻润；二碗破孤闷；三碗搜枯肠，唯有文字五千卷；四碗发轻汗，平生不平事，尽向毛孔散；五碗肌骨轻；六碗通仙灵；七碗吃不得也，唯觉两腋习习清风生。

诗人把茶的功效以及对茶饮的审美愉悦表现得酣畅淋漓，并营造出羽化成仙的美境。卢仝道出的这番"茶醉"的仙境，之后也得到诸多文人的认同。唐代钱起《与赵莒茶宴》中的"竹下忘言对紫茶，全胜羽客醉流霞"、宋人白玉蟾在《水调歌头·咏茶》中的"两腋清风起，我欲上蓬莱"，均道出以茶养心直至进入飘飘欲仙之境的感觉。就连那康熙帝南巡，在喝了一口碧螺春茶之后，也顿觉"清风先向舌边生"。

明代陈继儒在《茶董小序》中认为茶能够"一洗百年尘土胃"，指的是茶能化解胸臆间不舒畅、不干净之疙瘩，包括种种烦躁愁苦之不良情绪。"细啜缓咽品风韵，至纯至美君心沁"的诗句描述了品茗饮茶给人带来的享受和沁人心脾的感觉。苏轼和曾巩更是夸张地悟出"何须魏帝一丸药，且尽卢仝七碗茶""一杯永日醒双眼，草木英华信有神"的健康秘诀。

古人非常懂得养生，深谙酒和茶与健康的关系，认为酒性如侠士，酒多易伤身；茶性如隐士，饮茶可养性。因此，饮茶比饮酒好，难怪黄庭坚在《新喻道中寄元明用觞字韵》一诗中曰："中年畏病不举酒，孤负东来数百觞。唤客煎茶山店远，看人获稻午风凉。"唐人陆希声在《阳羡杂咏十九首·茗坡》的诗中云："二月山家谷雨天，半坡芳茗露华鲜。春醒酒病兼消渴，惜取新芽旋摘煎。"这些诗句均道出古人对茶饮健身、酒多伤身的认识。

以茶为交友之纽带

"茶越泡越浓,情越交越厚"以及"人一走,茶就凉"这两句话,说的都是茶与人情的关系。

古代的文人雅士,常以茶作为缔结友谊的媒介。早在 3000 年前的周代,茶叶已被上层社会的人士奉为贡品与礼品。到两晋、南北朝时,客来敬茶已成为社交礼仪。唐代颜真卿《五言月夜啜茶联句》中的"泛花邀坐客,代饮引清言"诗句,昭示了我国人民自古以茶挽客的传统。苏东坡最看重以茶结交的朋友,故诗曰:"饮非其人茶有语,闭门独啜心有愧。"意即好茶让不是知心的友人去喝,茶也会有意见的。好茶无挚友同饮而独自享用,自己内心也会感到惭愧。大诗人杜甫常以茶会友,有诗云:

> 落日平台上,春风啜茗时。
> 石栏斜点笔,桐叶坐题诗。

诗人把他同友人品茶时所处的优美环境以及自身的愉悦心情刻画得细致入微,读者仿佛看到一幅高雅清逸的品茗图。宋人杜耒《寒夜》中"寒夜客来茶当酒,竹炉汤沸火初红"的诗句,写得颇有情趣。主人以茶敬客,品茶虽不及饮酒那样令人热血沸腾,但围炉夜话,品茗倾谈,在那氤氲的暖香中,宾客均留下一份最温馨的品茶记忆。

一次,唐朝诗僧灵一与元居士划船来到山上,煎茶品茗,倾心交谈,直至进入禅境,以至天气向晚还舍不得离去。其时灵一乘兴写下一首七绝《与元居士青山潭饮茶》,诗中曰:

野泉烟火白云间，坐饮香茶爱此山。

岩下维舟不忍去，青溪流水暮潺潺。

诗句让人感受到一种清新淡雅的美妙意境。陆游"叹息老来交旧尽，睡来谁共午瓯茶"的诗句，回忆的是当年"共午瓯茶"的旧交，表达的是对往日与老友故交共同举杯品茗时光的由衷留恋；郑板桥"最爱晚凉佳客至，一壶新茗泡松萝"所带来的惬意与喜悦，与远道而来的宾客"一杯香茗坐期间"，随之海阔天空地神聊一番；读许观《赠张隐君》中"茶气拂帘清簟午，想应宾主正高谈"的诗，似乎看到一幅隐约可见、清幽宜人的白描图，谁还能忍心干扰宾主举杯品茗、倾心交谈呢？

其实，岂止是古人，清茶一杯、品茗叙旧早已成为国人的一种高雅的爱好。当年，毛泽东同志在广州主持农民运动讲习所时，曾与柳亚子前往"妙奇香"茶馆叙谈。多年后，柳亚子赠毛泽东诗曰："云天倘许同忧国，粤海难忘共品茶。"柳老的这两句诗于今读来，令人生发对品茶的无尽况味与感悟。

茶是世界文化宝库中的一个中国符号，也是华夏文明历史中的一朵美丽奇葩。

中华茶文化意蕴深厚，以茶为生、以茶修为、以茶联谊、以茶论人、以茶入艺、以茶作画、以茶兴文、以茶施礼，可谓茶中有人生。

五千年的茶水浸泡出一个伟大而又智慧的民族，中华民族的血脉里永远流淌着茶的勃勃生机。

茶如人生，我心似茶。

健康才是真朋友
——中国古代诗词中的养生文化

中国的养生文化源远流长，传承千年，历久弥新，并且不断发扬光大。作为中华传统医学的瑰宝，我们可以从众多的古诗篇中去领悟和感受古代先贤们的养生智慧。

养心为先

古人历来认为，养生重在养心。孟子是古代先贤中提出养生思想的第一人，他倡导在心理上要"养浩然之气"，达到"富贵不能淫，贫贱不能移，威武不能屈"。他又主张"养心莫善于寡欲"，提倡始终保持淡泊名利的心态。唐代药王、大养生家孙思邈归纳的"养生五难"的第一难即为"名利不去为一难"，"去名利"实则就是要有好心态。宋代诗人赵师秀《呈蒋薛二友》的诗中写道："无欲自然心似水，有营何止事如毛。"这说明，一个人在没有功名利禄欲望的时候，自然心如止水、气血畅通。如若整天考虑投机钻营，势必会陷入心浮气躁的烦恼之中。明代洪应明《菜根谭》中的"事能知足心常惬,人到无求品自高",同样也说明了"知足常乐"的道理。被称为诗人医生的唐代文学家刘禹锡,不仅诗词写得好,而且对养生也颇有研究。尽管诗人一生命运多舛,但他在任何情况下都能保持一种积极向上、宁静致远的心境,在体弱多病的晚年还抒发了"莫道桑榆晚,为霞尚满天"的情怀。总之,"不以物喜,不以己悲"(范仲淹《岳阳楼记》),恬淡平和的心态是健康的重要基石。古人关于养心的论述,对今日世人来说,是抵御各种诱惑的一剂良方,是值得中华儿女永藏心灵的宝典。

以静养生

古人养生的秘诀之一是一个"静"字,"万物静观皆自得",这是北宋理学的奠基者程颢在《秋日偶成》一诗中所倡导的方法论。这一思想对养生而言,同样具有借鉴意义。洪应明曾以"竹影扫阶尘不动,月轮穿沼水无痕""水流任急境常静,花落虽频意自闲"的古诗句喻诫世人:如果人们都能秉持"水流境静、花落意闲"的心念和意境,那么身心是非常自在的。唐代大诗人白居易《负冬日》曰:

负暄闭目坐,和气生肌肤。
初饮似醇醪,又为蛰者苏。
外融百骸畅,中适一念无。
旷然忘所在,心与虚空俱。

此诗描写作者端坐在温暖的阳光下,禅心如水,杂念俱消,似乎步入了空山虚谷、物我两忘的境界。从诗中可以看出,诗人静坐养心的功夫已经达到炉火纯青的地步。李商隐在"秋阴不散霜飞晚"的萧瑟

清冷气氛中,居然还能找回"留得枯荷听雨声"的乐趣,全在于他的心静如水的状态。唐人李涉的"偷得浮生半日闲"告诉人们,要善于从烦闷、失意中解脱出来,到一个脱俗静谧的地方,让身心得到修养。此外王维《酬张少府》中的"晚年唯好静,万事不关心"与陆游《鹧鸪天》中"家住苍烟落照间,丝毫尘事不相关"的诗句,其中固然有人生态度上的消极成分,但诗人远离世俗红尘、决意归隐静心养生的意念无疑也包含其中。

道法自然

大诗人李白在《日出入行》中"草不谢荣于春风,木不怨落于秋天"两句诗的意思是:自然界万事万物的兴衰存亡都有其客观规律,草木春荣秋枯纯属自然现象。对于自然规律只能顺应,不能改变,诗人朴素的自然观对于我们养生同样有着借鉴意义。人类是大自然的精灵,与大自然和谐相处是生命的题中应有之意。只有顺应自然,才能在宇宙的时空中健康地生存、顺畅地发展。老子是我国春秋时期道家学派的著名代表人物,在《道德经》一书中写道:"人法地,地法天,天法道,道法自然。"法,指的就是自然规律。无论办什么事情都要遵循自然法则,养生之道亦是如此。王阳明是我国明代著名的哲学家、思想家,其诗作《修身歌》明确地表达了养生顺应自然规律的思想:

> 饥来吃饭倦来眠,只此修元元更元。
> 说与世人浑不解,却于身外觅神仙。

诗的意思是说,养生要贯穿于饮食起居等日常生活之中。饥食倦眠,适其天性,才能够正心修身,这是比道家追求的"元"更"元"的了。世人若不解此理,相信左道邪术,热衷敬神求仙,那只会误入歧途。大文豪苏东坡不仅诗文写得好,而且对养生也颇有研究。有一次,他的朋友张鹗向他请教养生之道,苏东坡挥笔写了"四味药",曰:

> 无事以当贵,早寝以当富,
> 安步以当车,晚食以当肉。

朋友不解,苏东坡解释道:"无事以当贵"是指人不要把功名利禄、荣辱得失看得太重,如能在情志上任性逍遥、随遇而安,则比大贵更能使人终其天年。"早寝以当富"是指早睡早起,养成良好的起居习惯,比获得任何财富更加富贵。"安步以当车"是说人不要过于讲求安逸,应多以步行来替代骑马乘车,多运动可以强健肢体,通畅气血。"晚食以当肉"是说人应该用已饥方食、未饱先止代替对美味佳肴的贪吃无厌。这"四味药"无疑也包含了凡事不能刻意追求,而应顺其自然的道理。

读书吟诗

"锻炼健身可长寿"的道理人人都懂,而"读书益寿"的奥妙似乎知之者不多。其实,"养心莫如静心,静心莫如读书"。"书者,舒也。"历史上有关读书益寿的"古人云"着实不少。西汉学者刘向曰:"书犹药也,善读之可以医愚。"宋代一位御医曾经说过:"辞义典雅,读之者悦然,不觉沉疴去体也。"清人张英也曾说过:"读书可以增长道心,为颐养第一事也。"除此而外,有关读书养生的古诗亦俯拾皆是。明朝文人于谦有诗云:

书卷多情似故人，晨昏忧乐每相亲。

眼前直下三千字，胸次全无一点尘。

此诗是说读书就像和朋友亲密无间地交谈，全身心地投入其中以至于忘记了一切烦恼，任何不良情绪都云消雾散，读书一旦读出这等悠然、超然、淡然的好心境，这对身心健康当然是大有裨益的。南宋诗人陆游也有诗云："病须书卷作良医。"在诗人看来，一本好书就好比是一名好医生。阅读诗书祛病，陆放翁还有诗词为证：

儿扶一老候溪边，来告头风久未痊。

不用更求芎芷汤，吾诗读罢自醒然。

吟诵一首好的诗文，不仅给人以美的听觉享受，而且通过人的思想感情产生心理效应。这种作用，或荡涤肺腑，或激励志操，或悦性怡情，或宁神忘痛，对身心健康十分有益。北宋著名文学家苏东坡认为陶渊明的诗可以治病，每当他感觉身体不舒服时，就会拿起陶渊明的诗词读上一首，细细地品读玩味一番之后，大有畅快淋漓之感。在苏东坡看来，想要读懂陶渊明的诗，不但需要文学素养，更要有融入自然的情怀。陶渊明的诗之所以自然清新，源于他自然养心性的结果。曾国藩不仅把读书看作"齐家、治国、平天下"的需要，还把它当成养生之法宝，他曾说过这样一番话："因胸襟郁结不开也，谓尝读陶、白、苏、陆之诗以解之。观其言，于养生虽无专书，而皆简易可行，且行之毫无流弊。"好一个读书养生疗法。其实，读书吟诗实则也是一种文化养生，"文化"就是"以文明来化育人心"，通过文化的熏陶以达到"淡如清风，静似明月，娴若白云，淳宛泉水"的至高境界。

　　"人生百年惊回首,健康才是真朋友。"健康离不开养生,养生贵在坚持,不能三天打鱼,两天晒网。明代文学家冯梦龙有一诗曰:"神仙本是凡人做,只为凡人不肯修。"其意是说,神仙本来是普通人变成的,只因为人们不愿长期艰苦修炼,所以当不了神仙。在享受现代文明、倡导健康生活的今天,认真研究吸纳古人创造的养生文化和智慧,对于锻造国人的强健体魄,进而提高中华民族的健康水平,无疑有着积极而又重要的现实意义。

野火春风吹又生

——中国古代诗词中的萋萋芳草

　　"没有花香,没有树高,我是一棵无人知道的小草;从不寂寞,从不烦恼,你看我的伙伴遍及天涯海角……"歌曲《小草》中小草的一段自白,用朴实无华的语言讴歌了小草低调谦虚、与世无争的高尚品格。其实,岂止是今日,早在千百年之前,我们的古人就以优美的文字对自然界这一弱小而又顽强的生命予以了热情的赞美。

岁岁枯荣,方显顽强生命力

　　古诗词中反映小草顽强生命力的作品,首推白居易那首传诵千古、家喻户晓的《赋得古原草送别》。其中写道:

　　　　离离原上草,一岁一枯荣。
　　　　野火烧不尽,春风吹又生。

古原上的青草年年岁岁枯萎，又岁岁年年复苏，纵然是遭遇野火无情焚烧，也扼杀不了它们顽强的生命。只要来年春风送暖，它们就会重现生机，给大地披上绿装。诗词把小草生生不息、坚韧刚强的品格展现得淋漓尽致。

唐代诗人唐彦谦在《春草》中写道：

> 天北天南绕路边，托根无处不延绵。
> 萋萋总是无情物，吹绿东风又一年。

诗句把小草无处不在、随遇而安的身影描写得十分到位。北宋文人曾巩的《城南》，亦是一首赞誉小草的诗词：

> 雨过横塘水满堤，乱山高下路东西。
> 一番桃李花开尽，惟有青青草色齐。

诗词描绘了暴雨袭击之后水漫河堤、花叶落尽和唯独青草整齐一片、绿色依旧的雨后景象，歌颂了小草抵御风雨的坚韧与顽强。杜牧笔下的"青山隐隐水迢迢，秋尽江南草未凋"，则把深秋时节江南大地依然芳草碧绿的景色呈现在读者面前，同时也将小草不畏萧瑟秋风寒霜的性格展露无遗。

自然界风风雨雨的严酷扼杀不了小草的生命，而来自人类的肆意践踏摧残同样也不能遏制小草旺盛的生命力。欧阳修《丰乐亭游春》一诗中就有这样的描述，尽管游人"来往亭前踏落花"，却依然"长郊草色绿无涯"，小草不畏磨难、顽强抗争的品格令人肃然起敬。当然，古代也有很多开明人士懂得爱惜保护自然界的一草一木，尤其是唐代的诗词中多有这方面的表述，如诗人郎士元笔下的"门通小径连芳草"、孙逖的"河边淑气迎芳草"、温庭筠的"野船著岸偎春草"、雍陶的"新水乱侵青草路"等,都隐约地体现出了古人朴素的生态保护意识。

芳草萋萋,绿色装点此江山

"十步之内,必有芳草。"这个世界不能没有绿色,而绿色自然离不开无处不在的萋萋芳草。古诗词中以小草的绿色来写景的诗句可谓不少。中唐时期大诗人韩愈堪称以草造景的佼佼者。他的《春雪》一诗构思新巧,独具风采,尤其是诗中"新年都未有芳华,二月初惊见草芽"这两句写得格外传神。新年伊始,到处都还没有盛开的鲜花,经历寒冬、久盼春光的人们惊讶地发现,装点春天的第一抹绿色竟然是初发嫩芽的小草。从前一句"未有芳华"到后一句"惊见草芽",诗句一抑一扬,波澜起伏,极具章法。其实,诗人对"草芽"似乎特别多情,他笔下"天街小雨润如酥,草色遥看近却无"诗句的意境同样写得格外优美。诗人就像是一位高明的水墨画家,把淡绿草色传递出的春天气息表现得朦胧而又美妙,使文字美转化成了画面美。同样也是韩愈的诗词作品,《晚春》中"草树知春不久归,百般红紫斗芳菲"的诗句,以拟人化的手法写出了植物的灵性。为了留住将要离去的春天,小草与自然界的各种树木鲜花一道,依然以它的绿色和万紫千红执着地装扮着晚春的美丽景色。

说到小草装点春景,明代文人李东阳的《春草》写得颇有诗情画意:

过烟披雨见蒙茸,平野高原望不穷。
同是一般春色里,年年各自领东风。

诗句表现的是在一场春雨之后春草绿遍原野、焕发勃勃生机的景象。清人吴藻在《苏幕遮》一词中也用了"绿遍天涯,绿遍天涯树"的叠加句式,反复咏叹春日山林原野"芳草碧连天"(李叔同《送别》)那醉人的青绿。

降虐医疾,神草入药济苍生

其实,茵茵小草岂止只有装点神州大地的绿化效果,许多默默无闻的野草还有医治疾病的功效,如从青蒿中提取的青蒿素可以治疗疟疾,便是一例。尤其当我国女药学家屠呦呦研制成功青蒿素而获得诺贝尔生理学或医学奖后,青蒿这一野生的草随之声名大振、广为人知,从而成了人们津津乐道的"神草"。可见,小草虽然卑微,却有着降虐医疾、施惠人间的莫大功效,为此曾有诗人赋诗赞誉道:"食野之蒿,呦呦叫响中医中药中华,与尔再圆中国梦;回天之术,大大震惊世界世人世纪,同君齐拓世间春。"对于青蒿草的描写,古诗词中亦不在少数:白居易有"萧萧风树白杨影,苍苍露草青蒿气"之句,这两句诗写出了青蒿在风露中的气韵;诗人兼美食家苏东坡的"渐觉东风料峭寒,青蒿黄韭试春盘"和"烂烝香荠白鱼肥,碎点青蒿凉饼滑"诗句,均说明了青蒿还是人们餐桌上的美味佳肴;"有如退之与东野,自惭青蒿倚长松",这是北宋诗人杨时的诗句,引用了韩愈谦称不如孟郊像青蒿那样倚靠松树的名句。

小草无语,道是无情却有情

古人托物言情,将无言的小草赋予了感情色彩,其中以表现思乡、惜别、念亲方面的情感诗句居多。在以小草来表达思乡之情的诗句

中,被世人推崇为唐人七律之首的崔颢名作《黄鹤楼》应是最具代表性的诗篇,其中写道:

> 晴川历历汉阳树,芳草萋萋鹦鹉洲。
> 日暮乡关何处是?烟波江上使人愁。

诗人以丰富的想象力将自然景色与乡思乡愁交融在一起,以绿树芳草烘托绵绵愁绪,让人感受到了诗境的凄婉苍凉。

在以小草表现惜别之情的诗词中,大诗人李白《灞陵行送别》写得十分感人。诗曰:

> 送君灞陵亭,灞水流浩浩。
> 上有无花之古树,下有伤心之春草。

因为人间离别,连无言的小草都为之伤心动容,诗人可谓匠心别具,言之真切。类似这样的诗词还有不少,譬如被誉为皇帝诗人的李煜在《清平乐·别来春半》中的"离恨恰如春草,更行更远还生",又如白居易《赋得古原草送别》一诗的后四句:

> 远芳侵古道,晴翠接荒城,
> 又送王孙去,萋萋满别情。

诸如此类的诗句,表现的都是同样一种意境。

在以小草表现念亲感恩方面则不能不提忘忧草,忘忧草又被称为萱草,形体纤细修长,其随风摇曳的样子很是让人产生一种"天意怜幽草"(李商隐《晚晴》)的恻隐之心。苏轼曾赋诗赞美道:

> 萱草虽微花,孤秀能自拔。
> 亭亭乱叶中,一一芳心插。

　　早在西方康乃馨成为母爱的象征之前,华夏古人就把萱草当作母亲之花。古时游子远行前,须在北堂种上萱草,希望母亲减轻对游子的思念,忘却烦忧。聂夷中《游子行》曰:

> 萱草生堂阶,游子行天涯。
> 慈亲倚门望,不见萱草花。

　　表达的就是借草寄情的意境。而最能体现子女感念父母养育之恩的诗作则是出自孟郊之手的《游子吟》,其中脍炙人口的"谁言寸草心,报得三春晖"的诗句,以小草向着太阳生长比喻儿女心向父母,但儿女的"寸草心"难报父母养育的"三春晖"。这样的比喻形象而又贴切,道出普天下儿女体念父母养育之恩的共同心声。

　　如今,社会发展变化迅速,各种思想文化相互激荡。然而,古人们在古诗词中表达和倡导的许多传统思想文化观念,却依然闪烁着人性的光辉,尤其是类似念及亲情、懂得报恩等这样一些传统观念,还需要我们全社会更加大力地倡导与传承。正如歌曲《小草》结尾所唱的那样:"春风啊春风你把我吹绿,阳光啊阳光你把我照耀。河流啊山川你哺育了我,大地啊母亲把我紧紧拥抱⋯⋯"

不泯童心在诗间
—— 中国古代诗词中的童真童趣

阅读古典诗词我们不难发现,在众多的内容之中也不乏反映农耕时期少年儿童天真烂漫的诗词,一方面使读者感受到古代诗人们一颗不泯的童心,另一方面,也使我们体悟到古今儿童不一样的童真童趣。

宋代词人雷震《村晚》中的名句"牧童归去横牛背,短笛无腔信口吹",充满着诗情画意:夕阳西下,牧童横坐牛背,在放牧的归途中,手握短笛一路信口吹着不成调的曲子。诗句呈现出淳朴自然、悠然自得的情境。清人高鼎《村居》一诗颇富诗情画意:

草长莺飞二月天,拂堤杨柳醉春烟。
儿童散学归来早,忙趁东风放纸鸢。

早春二月,景色明媚,放学早早归来的学童便急不可耐地外出放起了风筝,作者把景、物、人有机地结合到了一起,尤其是小诗的最后一句,把儿童贪玩好动的天性刻画得非常典型、非常鲜活。

杨万里在《宿新市徐公店》中云：

> 篱落疏疏一径深，树头新绿未成阴。
> 儿童急走追黄蝶，飞入菜花无处寻。

诗中前两句首先交代了儿童玩耍的地点和季节，后两句接着描写黄蝶飞舞、儿童在后急追，直至蝴蝶飞入金黄色的菜花之中，再也无法找寻的场景。小诗语言朴实，画面清新，表现了古时农村儿童的生活情趣。杨万里的另一首名为《闲居初夏午睡起》的诗中"日长睡起无情思，闲看儿童捉柳花"的诗句，同样也以朴实的语言反映了农村儿童与城里孩子不一样的嬉戏方式。

被称为"中兴四大家"的南宋诗人范成大，在其退居家乡后写了一首《四时田园杂兴》，描写农民夏天劳作的场景：

> 昼出耘田夜绩麻，村庄儿女各当家。
> 童孙未解供耕织，也傍桑阴学种瓜。

这是一首描写夏日农忙时节的诗歌，作品热情地讴歌辛勤劳作的农家儿女。全诗最后一句，令人拍案叫绝。村里的儿童虽然不谙农事却也不闲着，学着大人的模样种瓜。小诗充满着农村少儿热爱劳动的纯真童趣。

唐人崔道融的《溪居即事》，也是一首清新隽永、情趣盎然的作品。

> 篱外谁家不系船，春风吹入钓鱼湾。
> 小童疑是有村客，急向柴门去却关。

　　诗的开始两句道明时令季节,也说明了船"吹入钓鱼湾"是因为"谁家不系船"。后两句说的是小童"急向柴门"是因"疑是有村客"。作者用"疑""急"二字,把儿童那种好奇、兴奋、粗疏、急切的心理状态刻画得惟妙惟肖且十分传神。诗人捕捉到这一刹那极富情趣的小镜头,成功地塑造了一个热情纯朴、可爱可亲的农村儿童现象。

　　在众多描写儿童的古诗中,白居易的《池上》可谓别开生面。诗中写道:

　　　　小娃撑小艇,偷采白莲回。

不解藏踪迹，浮萍一道开。

池塘中长着清香诱人的莲蓬，一儿童撑着小船摘了几个又赶紧划了回来。天真的孩子自以为无人知晓，可小船驶过，原本荷叶浮萍密布的水面被划开一道明显的水线，秘密自然也就暴露。小诗好比一组镜头，记录了顽皮儿童偷采白莲的场景。作品有景物描写，还有人物心理刻画。诗中小主人翁的所作所为不仅不为人生厌，反而让人觉得活泼可爱，这恐怕正是小诗的魅力所在。

古代少儿的童真童趣还不仅仅在于其自身性格的自然展现上，许多时候还表现为儿童与成年人的互动。其中世人耳熟能详的诗句，是杜牧《清明》中的名句："借问酒家何处有，牧童遥指杏花村。"清明时节，游人路上遇雨，但不知哪里有酒家小憩，遂问及放牛的牧童。牧童伸手指向远处的杏花村。吟诵诗句，我们眼前立刻浮现了一位热心可爱、乐于助人的牧童形象。

贺知章的《回乡偶书》，是一首构思巧妙、充满戏剧性的小诗：

少小离家老大回，乡音无改鬓毛衰。
儿童相见不相识，笑问客从何处来。

诗人通过回乡的一个细节，生动形象地刻画出儿童活泼天真的模样。"笑问客从何处来"一句极为精彩，只要稍加想象，儿童天真活泼的神态便会清晰地浮现在读者眼前。

陆游《小舟游近村，舍舟步归》中曰：

不识如何唤作愁，东阡西陌见闲游。
儿童共道先生醉，折得黄花插满头。

　　诗句颇具生活的情趣,诗人写的是自己在村里村外漫步闲游。一群儿童围住作者一边齐声说:先生醉了,先生醉了,一边又一起将路边的黄花折下插在作者的头上。小诗一方面反映了作者逍遥自在、忘记年龄的老小孩神态,另一方面也生动地表现了少年儿童淘气顽皮的性格。

　　《小儿垂钓》是唐代诗人胡令能的诗作,诗内描写了一个小孩在水边聚精会神钓鱼的情景:

　　　　蓬头稚子学垂纶,侧坐莓苔草映身。
　　　　路人借问遥招手,怕得鱼惊不应人。

　　诗词写的是一个蓬头稚面的孩童在水边学钓鱼,听到有过路人问路,因生怕惊动了鱼儿,孩童不敢大声回应问路人而连连摆手。小诗童趣盎然,形神兼备,诗中的内容自然可爱、让人感到真实可信。

　　韦庄的《与小女》,是古诗中为数极少的专写女童的一首诗。诗曰:

　　　　见人初解语呕哑,不肯归眠恋小车。
　　　　一夜娇啼缘底事,为嫌衣少缕金华。

　　该诗说的是小女刚能听懂大人讲话就咿咿呀呀学说话了。因为爱玩小车就不肯睡觉,因为衣裳上少绣了朵金线花就哭闹不停。诗中抓住了小女孩学语、贪玩、爱美、喜欢哭闹这样一些典型特征,把女童娇气可爱的神态言行表现得极其形象,诗人的爱女之情也自然地流于笔端、溢于言表。

童年是一支动听的歌，是一幅美丽的画，也是一首懵懂的诗。只要我们用心去读，就能从中聆听到美妙的童声，欣赏到率真的童趣，更能感受到一颗纯洁无比的童心。

一方情怀一方人

——中国古代诗（词）人的他乡情缘

　　中国古代不少著名的文人墨客,诗文名扬天下,然而官场失意,仕途坎坷。在遭遇贬谪、客居他乡的情况下,他们或以出色的政绩,或以飞扬的文采,或以非凡的人格,影响改变了一个地方的文化、习俗及社会风气。在自身完全融入客居的社会与民众之中的同时,他们也深深地受到了当地民众的拥戴,甚至是永久的景仰与怀念。笔者以为,这方面首屈一指的当数宋代有着最高文学成就的代表人物苏东坡。

　　苏东坡系眉州眉山(今属四川)人,祖籍河北栾城,卒于常州,葬于河南汝州郏城(今河南郏县)。苏轼入朝为官时,北宋政治危机显现,朝廷出现以王安石为代表的改革派与以司马光为首的保守派的激烈之争。而苏东坡的政治态度似乎游离于两派之外,处于危机四伏的政治夹缝中,秉持中庸政治态度的苏东坡,两次被迫自请到杭州做官。

　　苏东坡第一次于熙宁四年至熙宁七年,即公元 1071 至 1074 年,任杭州通判,第二次是元祐四年至元祐六年,即公元 1089 年至 1091 年,任杭州知州。前后 5 年多,从时间上来说不算很长。然而他在任期间,体察民生疾苦,带领百姓抗击瘟疫、赈灾济贫、疏浚西湖、修筑苏堤、清淤治河、防治水患、挖井引水等,为当地百姓解决了诸多民生疾苦。其在杭任内的显著政绩,得到当地百姓的交口称赞,也为后世所称颂。

正因为苏东坡在杭州的建树,所以在经历千余年之后,这座江南名城依然执着地保留着苏轼这位风华绝代的文化名人深刻而又厚重的历史印记。西湖十景之首的“苏堤春晓”,濒临西湖边两条最繁华的街道,“东坡路”“学士路”(苏东坡曾任翰林大学士)以及杭州美食“东坡肉”“吴山酥油饼”等,都深深烙上了苏东坡的印记。

杭州人之所以感念苏东坡,除了他出色的政绩之外,还在于诗人为这座城市注入了千年不朽的文化之魂,留下了诸多赞美西湖山水的千古绝唱。其中公认为表现西湖最好的诗作,无疑为那首脍炙人口的《饮湖上初晴后雨》:

> 水光潋滟晴方好,山色空蒙雨亦奇。
> 欲把西湖比西子,淡妆浓抹总相宜。

杭州人都说西湖“晴湖不如雨湖”,而在这首诗中,“晴湖”“雨湖”在诗人的笔下都是那样的旖旎迷人,晴有晴的灿烂,雨有雨的柔情。尤其是诗的后两句,创造性地用绝代佳人西施来形容西湖的美,可谓匠心别具。杭州的灵秀山水,让苏东坡文采飞扬;诗人的才华情思,使西子湖墨香飘溢。

或许正是因为杭州妙不可言的优美景色,使得苏东坡忘却了官场曾经屡遭挫折的愁肠,诗人已经把杭州当成了自己的第二故乡,他自认为一生中最快活的日子是在杭州度过的。此番感受有诗为证:

未成小隐聊中隐，可得长闲胜暂闲。

我本无家更安往，故乡无此好湖山。

可以说，苏东坡已经把自己与杭州紧紧地融合在了一起。这种融合已经升华为一种文化，也正是这种文化使得一座城市历史发展的轨迹发生了悄然无声的改变。这或许正是杭城百姓千百年来始终怀念苏东坡的原因所在。透过苏轼与杭州的情缘，我们不仅看到了一代文学巨匠对一座城市深刻而又久远的影响，更看到了苏轼的精神与思想对中国文化创造与传承的影响力。

说到情系他乡的古代诗人，就不得不提诗圣杜甫。如今人们只要一提及杜甫，可以不提他的出生地河南巩县，也可以忽略他的安葬之地湖南耒阳，然而不能不提到成都。到成都旅游，草堂又是必去不可的。邓小平一生五到草堂，他对家人说过这样一句话："不到杜甫草堂，就等于没有到过成都。"朱德元帅曾给草堂赠联："草堂留后世，诗圣著千秋。"

杜甫之所以要到成都，亦完全是其屡遭挫折磨难的人生经历所决定的。公元759年对杜甫而言，有着非同寻常的意义。是年时值安史之乱第五个年头，也是杜甫的本命年。这一年杜甫几乎是在颠沛流离之中度过的，其间经历了太多的劳累、奔波、恐惧、意外和失落，"奈何迫物累，一岁四行役"便是其动荡生活的真实写照。在被贬华州（今陕西华县）之后，杜甫毅然作出了弃官的选择，随即先后到过秦州（今甘肃天水）、同谷（今甘肃成县），直至漂泊西南，定居成都，在浣花溪畔筑草堂，度过了其人生中相对平静安逸的五年时光。

成都有着得天独厚的地理、气候和自然环境条件。自古有"扬一益二"的说法，这里的"益"即指益州，成都古时即在益州所在地，当时是西南繁华的大都市。公元759年岁末，杜甫一路艰辛跋涉抵达成都后，曾在《成都府》一诗中对这座西南重镇作了如下描述：

> 曾城填华屋，季冬树木苍。
>
> 喧然名都会，吹箫间笙簧。

在诗人的笔下，当时的成都，相对于战乱纷起、动荡不安的长安，俨然是一座酒绿灯红、歌舞升平且四季如春的繁华都市。眼前的成都让杜甫油然感叹道："信美无与适。"

公元760年的春天，杜甫开始构筑草堂，他的表弟王司马资助了他第一笔修缮资金。为此，杜甫在《王十五司马弟出郭相访兼遗营草堂资》中记载了此事：

> 忧我营茅栋，携钱过野桥。
>
> 他乡唯表弟，还往莫辞遥。

一个"唯"字，道出了杜甫与王司马的兄弟情深。当然，之后资助杜甫修建草堂远不止其表弟一人，成都府之下州县的不少官员都纷纷伸出了援手。杜甫在抵成都时间不长、认识他人不多的情况下，何以得到众人相助，大概因唐朝有尊重诗人的社会风气，尤其是像杜甫这样知名度很高的诗人，更是应得到众人的尊重。用同为唐代诗人高适《别董大》中"莫愁前路无知己，天下谁人不识君"这两句诗来形容当时的杜甫，无疑是再恰当不过了。

经历了流离转徙的动荡生涯，躲避了尚未平息的安史之乱，杜甫在蜀中开始了一段难得的平静生活。此种相对闲适愉悦的心情，可以从诗人在草堂写就的多篇诗作中窥见一斑。其中最为著名的莫过于那首《春夜喜雨》：

好雨知时节,当春乃发生。

随风潜入夜,润物细无声。

野径云俱黑,江船火独明。

晓看红湿处,花重锦官城。

作为唐诗名篇的《春夜喜雨》,其个性化的描写,几乎是成都自然风貌的标志性诗句。此诗是杜甫于公元 761 年在成都草堂居住时所作。诗词运用拟人化手法,以极大的喜悦之情,细腻地描绘了春雨播洒的特征和锦官城(成都)雨夜的景象,热情地讴歌了来得及时、滋润万物的春雨,同时也表达了对锦官城的赞美之情。诗的尾联是一幅美妙的风景画。如此"好雨",下上一夜,带雨绽放的春花会将整个锦官城(成都)浸染成一片"红湿",城里城外必定是一片万紫千红、翠艳欲滴的花的海洋。

定居成都草堂之后,杜甫经过一段时间的经营,草堂园亩扩展了,树木栽多了,水亭旁还增添了专供垂钓、眺望的水槛。在经历了长期颠沛流离的生活以后,面对当时的安宁生活环境及周边绮丽的自然风光,诗人情不自禁地以诗来抒发内心的欢愉和满足。其中《水槛遣心二首》其一便是杜甫当时内心世界的真实写照:

去郭轩楹敞,无村眺望赊。

澄江平少岸,幽树晚多花。

细雨鱼儿出,微风燕子斜。

城中十万户,此地两三家。

小诗远近错落有致,文字情景交融。其中"细雨鱼儿出,微风燕子斜",是历来为人传诵的唐诗名句。"十万户"与"两三家",更显出了草堂恰似远离尘嚣的世外桃源。诗词的字里行间蕴含的是诗人对大自然的热爱与悠闲舒适的心情。

还有一首名为《江村》的七律诗,同样也是反映杜甫定居成都之后心情舒畅的诗作。诗人在夏日来临之际,眼见江流宛转,树林荫翳,鸥鸟相亲,便即兴写道:

清江一曲抱村流,长夏江村事事幽。

自来自去梁上燕,相亲相爱水中鸥。

老妻画纸为棋局,稚子敲针作钓钩。

但有故人供禄米,微躯此外更何求?

　　这首诗描摹了诗人居住地和谐幽静的自然环境以及夫妻对弈、孩童垂钓的宁静画面。尤其是尾联的"更何求",反映了作者无奈且知足、旷达与感叹的心态。这首诗无论是模拟物态还是抒发情感,都非常细腻贴切,恰到好处,显示了杜甫炉火纯青的诗作功力。

　　杜甫在成都两度居住,前后度过了三年九个多月的时光。出于对成都的深厚感情,诗人曾留下了两百多首与成都有关的诗词,其中既有"锦江春色来天地,玉垒浮云变古今"这类描写自然风貌的诗句,也有"城中十万户,此地两三家"这种锦官都城人口众多、繁荣兴旺景象的描绘,既有"锦城丝管日纷纷,半入江风半入云。此曲只应天上有,人间能得几回闻"这一类描写都城歌舞升平、休闲娱乐的诗篇,也有"八月秋高风怒号,卷我屋上三重茅"这样描写自然灾害的咏叹。毫不夸张地说,杜甫的歌咏成就了蜀地千年的风华。蜀地之于诗圣,不仅仅是躲避战乱与多舛命运的避风港,更是成就其诗才与文名的福地,甚而是诗人心中永远不能忘怀的精神故乡。

　　说了苏轼与杭州、杜甫与成都的他乡情缘之外,就不得不说杜牧与扬州的特殊渊源了。扬州也是一个诗情画意浓郁、令人向而往之的地方。这里的自然环境有"汴水流,泗水流,流到瓜州古渡头"的古渡头,还有风景秀丽的瘦西湖和京杭大运河的邗沟渠。历史人物有东渡扶桑向日本传播中国佛教文化的鉴真大师、以郑板桥为代表的"扬州八怪"等。其中,与扬州渊源最深的则当数晚唐著名诗人杜牧。翻开杜牧的诗集,其中千百年来最有影响力的诗句大概皆与扬州有关。可以说,杜牧传播了扬州的美名,扬州成就了杜牧的诗名。

　　杜牧系京兆万年(今陕西西安)人,历史上曾两度在扬州任职。第

一次是在大和七年（公元 833 年）至大和九年（公元 835 年）期间，由淮
南节度使牛僧儒辟为推官，转掌书记。出身世家、本有贵公子习气的
杜牧，来到扬州这一风情万种之地，正所谓如鱼得水。每每公务之余，
杜牧外出饮酒宴游，光顾花街柳巷，自然结识了当地不少美貌女子。
大和九年（公元 835 年），杜牧赴长安任监察御史、临离扬州前，与自己
的红颜知己作别时，曾写下了两首著名的《赠别》诗，其一为：

娉娉袅袅十三余，豆蔻梢头二月初。
春风十里扬州路，卷上珠帘总不如。

　　这首诗的精彩之处在于后两句，表现了诗人对其意中人"情人眼
里出西施"的迷恋与痴情。句意为：在春风吹拂下的十里扬州路上，把
每户人家的珠帘卷起来看一看，所有帘内的女人都不如我的意中人。
前句意兴酣畅，渲染出了扬州的富丽豪华，美女如云。后句言十里扬
州路上珠帘内不知有多少红粉佳人，但"卷上珠帘"——看去，没有一

人我能相中。"总不如"表明扬州所有美人不及一人之美。遣词生动别致,韵味含蓄委婉。《赠别》诗其二同样写得悱恻缠绵,伤感凄然。其中"多情却似总无情,唯觉樽前笑不成"把诗人当时的情态举止刻画得委婉精致、情味无穷。

　　杜牧离开扬州后,依然情系扬州、思念故人,从其之后所写的诗中可以看出他对扬州的眷恋。其中,颇为著名的诗词是《寄扬州韩绰判官》,诗中写道:

　　　　　青山隐隐水迢迢,秋尽江南草未凋。
　　　　　二十四桥明月夜,玉人何处教吹箫。

　　诗的开头两句描写诗人印象中的江南秋色:在隐现天际的青山和蜿蜒浩渺的江水边,秀丽的江南虽已进入深秋,可大地依然芳草萋萋,尚未枯萎。秋色来临之际,诗人翘首遥望并怀恋昔日的繁华故地。诗的后两句表现了诗人以玩笑的口吻调侃友人:在二十四桥的明月之夜,你在何处让美人为你吹箫啊!诗词所描写的景致非常清雅,艳而不俗,笑谈之中表明了诗人对扬州繁华岁月的留恋之情。

　　唐文宗开成二年(公元837年),杜牧时年三十五岁,任监察御史,分司东都洛阳。是年秋天,杜牧弟弟患眼疾赴扬州治疗,为照顾其弟,杜牧辞去官位,再赴扬州。但此行已无当年的潇洒兴致,忧心疾患的弟弟,加之辞官的落魄,导致心情黯然。这样的心境在《题扬州禅智寺》一诗中可见一斑:

　　　　　雨过一蝉噪,飘萧松桂秋。
　　　　　青苔满阶砌,白鸟故迟留。
　　　　　暮霭生深树,斜阳下小楼。

谁知竹西路，歌吹是扬州。

这首诗以动写静，通过蝉鸣、飞鸟、落日、闹市歌吹等物象声音，衬托禅智寺的幽僻清冷，以此表现寓居其中的诗人的寂寥与孤独。此时虽身在扬州，但心境与过去则大不一样，去竹西胜景游玩的心情已经没有了。

过不惑之年之后，杜牧还写过一首追悔十年扬州生活的抒情之作《遣怀》：

落魄江湖载酒行，楚腰纤细掌中轻。

十年一觉扬州梦，赢得青楼薄幸名。

作者因政治上落魄失意，在扬州十年行乐，倚红偎翠，过着毫不拘检的生活。现在回想起来，恍如梦幻，不仅一事无成，还落了个轻薄负心郎的名声。"十年"极言时间之长，"一觉"形容醒悟之快，"梦"字比喻往事如烟，由此失落的心情跃然纸上。尤其是后两句，轻松之中凝聚着沉重，诙谐之中饱含着沮丧，忏悔之中蕴藏着怨愤。诗人的自嘲自解，进一步抒发了辛酸悔恨之情，同时也表达了诗人对扬州这座城市特殊而又复杂的情感。

总之，可以毫不夸张地说，杜牧因为扬州而使自己的诗名影响久远，扬州亦因为杜牧的诗赋而更加声名远播。

独领风骚三千年

——中国古代诗文中的河南元素

　　河南是中华民族和中华文明的重要发祥地,历史悠久,文化厚重。作为九州之中,河南在中华五千年文明史中,有三千年的历史曾是全国政治、经济、文化的中心。中原文明的发展轨迹是华夏文明的完美体现,河南历史的华彩篇章是中国历史的精华浓缩,用"一部河南史半部中国史"来形容和概括河南历史文化在中国历史文化发展进程中的地位和作用,实不为过。可以说,不了解河南的历史文化就不了解中国的历史文化。要了解中国的历史文化,就要把河南作为华夏历史文化的切入点。

　　作为中国历史文化的重要组成部分,古典文学领域内的河南现象或者河南元素,不外乎包含两大方面:一方面是指出自河南以及河南籍文人大家之手的各类文学作品,历史上中原文学创作曾引领时代,开历代风气之先;另一方面是指以河南作为描写对象的古典诗文,这在浩瀚的中华诗词艺术宝库中同样占有重要的一席之地。

　　河南古典诗文创作成就辉煌灿烂,千年不朽。古代中原文学在先秦散文、汉赋、唐诗、宋词等方面都曾引领时代潮流，涌现出了众多彪炳史册的诗人与作家，留下了许许多多千古传唱的诗词佳作。"汉魏文章半洛阳"，在中国社科院文学研究所主编的《中国文学史》中，河南籍一流诗人和文学家中占全国总量的50%以上。中国历史上最早的散文总集《尚书》出自河南；中国第一部寓言大书《庄子》也诞生在中原；在最早的诗歌总集《诗经》中，《国风》160篇中有95篇出自中原作者之手；魏晋南北朝的"建安七子""竹林七贤"等，都活跃于中原地区；西晋洛阳文人左思的《三都赋》名动天下，士人竞相传写，由此留下了"洛阳纸贵"的亘古佳话；巩义人"诗圣"杜甫，是我国诗坛上的现实主义大师，其所写的诗作反映了唐代由盛转衰的历史过程，因而被称为"诗史"；有"诗王"之称的白居易，出生于河南新郑，晚年居住在洛阳，是"新乐府运动"的倡导者，也是传世诗作最多的诗人。此外，堪称唐代文坛巨擘的韩愈、元稹、李贺、李商隐等，籍贯均为河南。

进入经济和文化最为繁荣的宋代，开封、洛阳曾是全国的文化与文学中心。"八方风雨会中州"，浓厚的治学之风成就了众多的历史文化名人和学术佳作：易学大师邵雍居洛中三十载，创新易学之象数，成为"布衣圣贤"；二程开创理学之先河，成为之后中国封建社会的精神支柱；司马光傍伊河筑独乐园，修皇皇巨著《资治通鉴》，成为史学"双璧"之一。当时的洛阳成了文人学士的讲堂，求学之士不绝于路。

中原古代诗文所表现的爱国主义、人道主义、忧患意识影响深远，构成了中国文学的基本精神和主流价值观，并且至今还在影响着当代中国文学的发展。籍贯河南汤阴、抗金将领岳飞的《满江红》，便是其中极具代表性的千古名篇。可以说，在我国古代诗歌中，没有一首能够具有《满江红》这样深远的社会影响力和如此高亢激越的艺术感染力。传世佳作《岳阳楼记》是在河南邓州为官的范仲淹受友人之托，在邓州写下的名篇。

　　描写河南的古典诗文灿若星河、气象万千。河南不仅在古典文学的创作上一枝独秀,而且其自身所具有的丰厚历史文化资源,也是历代文人墨客创作的题材。说到中国古代诗文中的河南元素,就自然会联想到蜚声中外的几处历史文化名城。中国有八大古都,河南就占了半壁江山,唐宋等历代诗赋对这几座古城均有过大量的描写。其中,首先要提及的城市毫无疑问是洛阳。作为华夏文明的发祥地之一,洛阳有着5000多年文明史、4000年的建城史和1500多年的建都史,曾先后有105位帝王在此定鼎九州。古诗词中对于洛阳的记载和描写不胜枚举,其他朝代暂且不说,仅就诗人如云、歌潮似海的唐代而言,洛阳无疑是一处醒目而又闪亮的诗眼。诗人笔下有关洛阳的著名诗句有:张籍《秋思》中的"洛阳城里见秋风,欲作家书意万重"、王昌龄《芙蓉楼送辛渐》中的"洛阳亲友如相问,一片冰心在玉壶"、韦庄《菩萨蛮》中的"洛阳城里春光好,洛阳才子他乡老"、杜甫《闻官军收河南河北》中的"即从巴峡穿巫峡,便下襄阳向洛阳"等。至于赞美洛阳牡丹的诗句则更是不计其数了,像刘禹锡的"唯有牡丹真国色,花开时节动京城"、唐代诗人徐凝的"疑是洛川神女作,千娇万态破朝霞"、欧阳修的"洛阳三见牡丹月,春醉往往眠人家"、司马光的"洛阳春日最繁华,红绿荫中十万家"、陆游的"洛阳春色擅中州,檀晕鞓红总胜流"以及明人陆树声的"洛阳春色画图中,幻出天然夺化工"等。厚重悠久的历史,雍容华贵的牡丹,从而使洛阳有了"千年帝都,牡丹花城"的美誉。

　　说到古诗文中的河南元素,开封也是不得不说的。开封古称东京、汴梁,这座古城已有2700多年的风雨岁月,先后曾历经八个朝代,历史上有着"琪树明霞五凤楼,夷门自古帝王州""汴京富丽天下无"的美誉。古城的文化底蕴总让人品味不尽,汉代文学家司马迁,唐代

著名诗人李白、杜甫、白居易,宋代的文豪苏轼,都写过赞美开封的诗赋。其中白居易在《隋堤柳》诗中写道:

大业年中炀天子,种柳成行夹流水。

西自黄河东至淮,绿影一千三百里。

大业末年春暮月,柳色如烟絮如雪。

从诗中我们不难想象,当时的开封是何等的大气壮美。开封种植菊花的历史源远流长,可以追溯到1600多年前的南北朝,唐宋时期开封的菊花已经驰名全国,明清尤盛,绵延至今。"黄花遍圃中,汴菊最有名。"清乾隆皇帝来开封赏菊时亲赋诗词,留下"风叶梧青落,霜花菊百堆"的美句。北宋驸马柴宗庆曾点化唐人元稹《离思》中"曾经沧海难为水,除却巫山不是云"这两句传诵千古的名句,形容汴京开封"曾观大海难为水,除却梁园总是村"。

位于河南最北端的安阳亦是中国八大古都之一,历史上曾有七个朝代在此建都。这里是甲骨文最早的发现地,也是周易的发祥地。安阳殷墟是中国历史上第一个有文献可考并为考古学和甲骨文所证实的都城遗址,著名史学家和考古学家郭沫若曾经写下"洹水安阳名不虚,三千年前是帝都"的诗句赞美安阳。作为早期华夏文明的中心地带,古诗词中亦有不少的描述。宋代词人韩琦在《安阳好》的词中写道:

安阳好,形势魏西州。曼衍山川环故国,开平歌吹沸高楼。

和气镇飞浮。　　　笼画陌,乔木几春秋。花外轩窗排远岫,竹间
门巷带长流。风物更清幽。

　　此外,岑参"城隅南对望陵台,漳水东流不复回"、郑板桥"划破寒
云漳水流,残星画角动谯楼"等诗句,都是安阳当年繁华盛世及自然风
貌的真实写照。

　　有着"三商之源""华商之都"之称、位于河南省东部的商丘,亦是
一座历史文化名城。早在旧石器时代,"三皇"之首的燧人氏在这里发
明了人工取火。新石器时代,炎帝朱襄氏、颛顼以及之后的夏朝、商
朝、周朝宋国、汉朝梁国、南宋、金朝等先后在此建都。因此,历史上商
丘曾经有过宋国、睢阳、宋州、宋城、梁园等者多地名。面对这样一座
历史文化名城,李白、杜甫、李商隐、岑参、元好问等诸多文人墨客,都
曾写过有关商丘的诗作,像李白《梁园吟》中的"平台为客忧思多,对酒
遂作梁园歌"、岑参的吊古之作《山房春事》中"梁园日暮乱飞鸦,极目
萧条三两家"、王昌龄《梁苑》中的"梁园秋竹古时烟,城外风悲欲暮
天"、齐己《贺雪》中的"歌扬郢路谁同听,声洒梁园客共闻"以及张谓
的五言诗《别睢阳故人》中"少小客游梁,依然似故乡。城池经战阵,人
物恨存亡"等等,诸多诗文描写了商丘曾经经历的朝代兴衰和历史尘
烟,让人感受到了这座古城的历史脉搏与沧桑。

　　南阳古称"宛",历史上有"南都""帝乡"之称,这里曾是诸葛亮躬
耕隐居之地,刘备"三顾茅庐"的地方。故李白在《读诸葛武侯传书怀
赠长安崔少府叔封昆季》中写道:

当其南阳时,陇亩躬自耕。
鱼水三顾合,风云四海生。

此外，韩愈"白水龙飞已几春，偶逢遗迹问耕人"和"南阳郭门外，桑下麦青青"、杜牧"春半南阳西，柔桑过村坞"、陈九流"迟迟散南阳，袅袅逐东风"等诗句，都是南阳秀美的自然景色与田园风光的真实写照。

古称"义阳""申州"的信阳，位于河南的东南部。作为山水茶都，信阳自然风光美不胜收，清人张钺曾一口气写下八首赞美信阳的诗词，由此也成就了一直为信阳人津津乐道的"信阳八景"。河南信阳境内光山县的大苏山，曾是苏东坡失意官场之后的啜茗寓读之地，这里曾被称为他"灵魂的最后家园"。在大苏山的净居寺，诗人静心读书品茗悟禅，从心灵深处深刻反思自己人生的成败得失，寻找生命开花的方便之门。因大苏山与他同宗同姓，一个落魄之人自然产生了归乡到家的亲切感与归属感。其间，他写下了名篇《游净居寺诗并叙》，不仅使得净居寺成了一座名寺，而且大苏山也成了因苏而起的诗城乐地。

以上所记述的，恐只是众多描写河南古诗词中的冰山一角，篇幅所限，故不可能一一列举。

千百年来，中原文化并未因历史的尘封而失色，也并未因时代的变迁而黯然。相反，厚重灿烂的中原文化，在不断地传承创新中，日益焕发出新的生机和力量。作为支撑中国历史文化的核心地带，河南历史文化的气脉必将生生不息、代代相续。近数十年，尤其是改革开放以来，在中国文坛崛起并受到文学界广为关注的"文学豫军"，便是河南历史文化在新时期延续发展的有力例证。

短文末了，还想说点题外话。笔者之所以在解读古诗词的集子中写了这样一篇赞美河南历史文化的短文，除了河南的历史文化、古典文学创作在源远流长的中国历史文化中居于至高无上地位这一根本原因之外，作为一个非河南籍人氏，笔者在河南这片热土上已经工作生活了四十多年的时光，并且注定要与之相伴终生，可以说，河南已经成为我真正意义上的第二故乡。如果把河南的父老乡亲比作我的衣食父母的话,那么,中原的历史文化无疑是滋润我心灵世界的精神养分。由此,对于第二故乡的钟爱是发自内心的。

有道是"君既爱之须纵情",由此,这篇短文便是我对第二故乡灿烂而又厚重历史文化的激情讴歌。从这个意义上讲,以此来作为整个集子的结篇,或许也还是合适的。

再
版
后
记

　　2014 年初，河南文艺出版社出版了我的集子《读诗读书读中华》。拙著发行后，得到了不少读者的鼓励和肯定，有关媒体还曾向社会做了宣传和推介。对此，本人在受到鞭策和激励的同时，内心不免有些惶恐不安。毕竟自己才疏学浅，对古典诗词的学习、鉴赏和研究也还只是处于起始阶段。可以肯定地说，集子中谬误之处肯定在所难免。

　　之所以要出修订版，原因有三：

　　一是初版发行后，在得到广大读者朋友的鼓励和肯定的同时，亦有一些读者提出了集子还可再增加一些容量的建议。对于读者朋友们所提出的宝贵意见和建议，本人在心存感激的同时，亦觉得初版的确存在体量上还略显单薄的缺憾。这或许是此次修订再版的重要原因。鉴于此，修订版在原有基础上增加了五万多字。即便如此，于数量浩如烟海、内涵博大精深的古代诗词而言，这增加的部分依然还是微不足道的。

　　二是由于首次印刷的数量有限，第一版付印的 3000 册发行、赠送完之后，尚有一些朋友向我提出索赠的要求，而未能满足这些读者对拙作如此高看一眼、厚爱一分的愿望，于我而言，内心无疑是十分不安和歉疚的。受此种心情的驱使，便增强了对集子再次予以修订出版的冲动。

三是诚如我在集子的前言中所说的那样，从工作岗位上退下来之后，我有了更多阅读的时间。于是阅读、欣赏中国古代诗词成了我退休生活的重要组成部分。随着阅读数量的增加，我对古典诗词中所描写和表达的意境也有了一些新的理解和认知。而把这些新的阅读认识与过去的文字成果融为一体的想法，也促使我坚定了对集子进行修订的念头。值得一提的是，我的这一想法，得到了河南文艺出版社副总编辑、中华诗词创新研究会执行会长、著名诗人王国钦先生的赞同。王总的支持，无疑是促成集子修订再版的关键因素。

集子修订再版之前的写作过程中，借鉴吸收了上海辞书出版社的《唐诗鉴赏辞典》《宋词鉴赏辞典》，时事出版社的《中国历代诗词名句鉴赏大辞典》以及中国华侨出版社的《时光印痕：唐诗宋词中的节气之美》等专著的成果。河南文艺出版社的李勇军编辑为集子的修订再版付出了极大的辛劳与心血，在此谨表谢忱！

"诗非易作须勤读，琴亦难精莫废弹。"学海无涯，诗意万千，感悟品鉴古代诗词博大精深的意境，于我而言永无止境，未有穷期。从这个意义上讲，集子的再版，绝不是终点，而只是一个新的起点。

2016 年仲秋写于郑州